As aventuras de Pitu

Huendel Viana

As aventuras de Pitu

© **Huendel Viana**
Direitos reservados e protegidos pela lei 9.610 de 19/02/1998.
É proibida a reprodução total ou parcial sem autorização, por escrito, da editora.

Coordenador Editorial
Sálvio Nienkötter

Editor Executivo
Claudecir de Oliveira Rocha

Editor Adjunto
Daniel Osiecki / João Lucas Dusi

Capa
Jéssica Iancoski

Ilustração de capa
Roberta Cirne

Revisão
Jane Pessoa

Projeto Gráfico
Andre Luiz C. Mendes

Produção
Cristiane Luiza Nienkötter

As personagens e as situações desta obra são reais apenas no universo da ficção; não se referem a pessoas e fatos concretos, e não emitem opinião sobre eles.

Dados Internacionais de Catalogação na Publicação (CIP)
Angélica Ilacqua – CRB-8/7057

Viana, Huendel
   As aventuras de Pitu / Huendel Viana. –– Curitiba : Kotter Editorial, 2023.
   160 p. : il.

ISBN 978-65-5361-209-9

1. Literatura juvenil I. Título

23-2308   CDD 808.899283

1ª edição / 2023

Kotter Editorial
Rua das Cerejeiras, 194
82700- 510 | Curitiba/PR
+55 41 3585-5161 | www.kotter.com.br | contato@kotter.com.br

*Acenderemos uma fogueira na noite.
Vem até aqui. Segura este pedaço de
jornal, enquanto eu risco o fósforo.*

Hélio Pellegrino

A casa do escadão

1. Surpresa na caixa de papelão 11
2. A Pitu vai morar no banheiro 15
3. Correndo em torno da casa 20
4. Farejando pra cima e pra baixo 24
5. Juízo para brincar na rua 29
6. Um bate-papo com a Pitu 35
7. Fama de cão de caça 40
8. Lições da floresta 45
9. O mundo é dos insetos 50
10. Cachorro também adoece 55
11. Adeus, casa do escadão 60

A casa do porão

1. Desbravando a floresta 71
2. Caçadas de Pitu 78
3. Uma visita inesperada 85
4. Jornada sobre rodas 92
5. Uma fogueira na noite 100
6. Por trás da neblina 108
7. Uma aventura na selva (i) 116
8. Uma aventura na selva (ii) 126
9. Pitu através da porta 138
10. Cão velho de guerra 144
11. Um retrato na memória 150

A casa do escadão

1
Surpresa na caixa de papelão

Certa vez, quando eu tinha seis anos, ganhei um bicho de estimação. Ele era incrível! Nem te conto! Quero dizer, vou contar.

Ela se chamava Pitu, porque era fêmea.

A Pitu viveu com a gente durante uns treze anos. Era como se fosse a quinta pessoa lá de casa. Todos gostavam dela assim, como um membro da família.

Mas afinal quem não gostava da Pitu?

Na rua de casa, os meus amigos eram amigos dela. E os vizinhos também. Os de perto e os de longe.

Até uma senhorinha do fim da rua, que foi atacada pela Pitu algumas vezes, quando se mudou, passou lá em casa para se despedir da gente... e da Pitu.

— Eu me simpatizo com o bichinho de vocês, embora ele não vá com a minha cara — disse ela, lá do portão, recusando o convite para entrar. A gente queria rir, mas nossa mãe impunha o respeito com os olhos.

Ainda hoje, quando penso na Pitu, lembro direitinho de cada detalhe: o corpo pequeno, o formato alongado do rosto, o modo como olhava pra gente, o jeito de correr, a orelha esquerda meio caída...

A Pitu era mesmo demais! Nunca vi um bicho igual a ela. Parecia gente, tinha inteligência misturada no seu instinto. Todo mundo via!

Eu e meu irmão tivemos alguns outros bichos antes: o Popi, o Sultão e o Pingo. Três vira-latas que viveram pouco tempo conosco.

Não me lembro direito o que aconteceu com eles, porque nessa época eu devia ter uns quatro ou cinco anos. Ainda morávamos na casa de aluguel do centro.

Quando a Pitu chegou eu tinha seis, ou sete, e meu irmão nove, ou dez. A gente já havia se mudado do centro para o bairro, para a primeira casa que nosso pai construiu.

Essa casa ficava no alto de um morro. Era preciso subir uma longa escada para chegar até a porta da sala. Por isso a chamávamos de casa do escadão.

Foi aí nessa casa do escadão que tudo começou.

Na verdade foi na casa da nossa avó, que ficava no centro. Porque lá é que ganhamos a Pitu, numa manhã de domingo.

A gente tinha ido almoçar com os nossos avós, como fazíamos quase todo fim de semana. E não chovia, me lembro bem, porque tiramos os filhotinhos da caixa de papelão e os levamos para fora, para o sol.

Era antes do almoço. Assim que chegamos naquela casa antiga, e fomos passando pelo portal de madeira enorme, que rangia com o movimento da porta, já notei que algo diferente estava acontecendo.

Nossa avó tinha uma sala comprida que demorava para atravessar. E lá no fundo, longe da entrada, estavam os adultos, reunidos em torno de alguma coisa. Falavam e riam todos ao mesmo tempo.

Conforme fomos entrando se viraram para nós, e então pude ver que no meio deles tinha uma caixa de papelão em cima da mesinha de centro.

E era ali que morava o mistério!

Depois que todo mundo se cumprimentou, nosso tio falou pra gente ir até a caixa dar uma espiada. O tom de voz denunciava o contentamento.

Nunca demorou tanto para atravessar aquela sala, mesmo correndo. Quando eu e o irmão finalmente chegamos até a borda da caixa, vimos três filhotinhos.

— Podem escolher um pra vocês — disse o avô, que tinha trazido aquela caixa do serviço.

— Olha isso — gritou o irmão num misto de alegria e espanto.

A gente nem imaginava que nossa infância ganharia cor a partir dali. A empolgação apesar disso já havia tomado conta.

Eles eram tão pequenos, gordinhos e com a pele tão lisinha que dava dó de pegar. Ainda mais porque tremiam de frio os coitadinhos. Dois marrons e um pretinho.

Pensei por um momento que fossem porquinhos-da-índia. Eu sempre quis ter um porquinho-da-índia. Mais tarde cheguei a ter um rato branco, chamado Einstein, porém nem de longe era parecido com um porquinho-da-índia.

Mas aqueles três bichinhos não eram roedores. Quando o irmão, que era maior, por fim conseguiu alcançar o fundo da caixa e mexeu com eles, notei que eram filhotes de cachorro.

Nosso tio então retirou um da caixa, e era a coisa mais fofa. Com os olhos ainda fechados, ele chorava baixinho e mexia as perninhas.

Era um marrom. Mas eu havia gostado também do preto, que tinha o pelo liso e brilhante, como se tivesse passado cera. Na hora pensei que podia ficar com um de cada cor.

— Este aqui é meu — disse o tio, levantando aquela bolinha de pelo. — Escolham um, e o outro vai para os primos de vocês. O marrom é macho e o preto é fêmea.

Daí já não tinha muito o que pensar, e não me lembro como, mas acabamos escolhendo o pretinho. Ou melhor, a pretinha. Acho que toda a minha família já se encantou com aquela cachorrinha logo de cara.

— Gostou, filhão? — a mãe perguntava ora para o irmão ora para mim, passando a mão na nossa cabeça.

Foi um domingo inesquecível, que acabou com nós dois segurando a caixa de papelão no banco de trás do fusca. O pai nos levando de volta morro acima, já de noite. Todo mundo contente, fazendo planos...

O livro do principezinho, que eu gostava de ler, acabei esquecendo na casa da avó. Mas não tinha importância, porque dentro daquela caixa ia a Pitu: parte da nossa felicidade, que durou muito mais de uma década. Dura até hoje.

2
A Pitu vai morar no banheiro

Não sei quem deu a ela o nome de Pitu. O que logo fiquei sabendo é que a nossa bolinha preta ia morar dentro de casa, junto com a gente.

Achei o máximo, pois assim poderia olhar para ela a todo momento. Inclusive de noite, caso acordasse para fazer xixi.

A mãe arrumou a caminha da Pitu num canto do banheiro, debaixo da pia. Virou a caixa de lado, forrou dentro com jornal velho e cobriu com um pano. E do lado de fora deixou um potinho com água fresca.

E tinha também, num outro canto, um jornal aberto, que no começo eu não entendi direito pra que era. Para o xixi e o cocô, a mãe disse. Assim a casinha dela ficaria sempre limpa.

Tudo arrumado: era o reino da Pitu que estava apenas começando...

Na hora das refeições, a mãe mornava um pouco de leite e despejava num prato de plástico. Então lá íamos eu e o irmão levar para a Pitu. Ela era gulosa. Bebia tudo tão depressa que molhava o focinho, os bigodes e às vezes até as orelhas, principalmente a caída.

— Essa cachorra é uma mistura de fox com bassê — disse o pai um dia na mesa, na hora do almoço. O avô é quem tinha mandado avisar. Mas eu achava que era um pouco dobermann também, porque ela tinha umas manchas marrons, igualzinho um dobermann.

No início a Pitu ficava muito tempo dentro da caixa, dormindo. E a gente ia lá toda hora ver o que ela estava fazendo. Até a mãe nos chamar na regulagem:

— Deixem a Pitu em paz. Ela precisa dormir pra ficar forte e crescer com saúde. Vão brincar, saiam daí.

Então íamos procurar outra coisa pra fazer. O irmão gostava de ver TV, e eu de brincar de carrinho ou de hominho. Mas a gente queria mesmo era ficar com a Pitu o tempo todo. Ver o que ela estava fazendo. Se estava com os olhos abertos.

Não demorava muito e as brincadeiras perdiam a graça. Eu então fingia que precisava usar o banheiro e, no caminho, encontrava o irmão. Um segundo depois estávamos lá, sentados no chão do banheiro de novo.

A gente virava a barriga da Pitu pra cima e fazia carinho. Ela gostava, mas logo queria desvirar. Então aproximávamos o dedinho da sua boca e ela tentava sugar. Quando via que não saía leite fazia uma careta e rejeitava o dedo. Era um barato!

Nessa época, estudávamos à tarde. Antes do almoço, na hora da lição, a gente só pensava em ficar lá com a Pitu. Fazia tudo rapidinho, acabava e pronto.

Na hora de ir para a escola, era uma tristeza, a gente enrolava o quanto podia.

— Acho que minha mão está suja, vou lavar e já venho — dizia um.

— Vou dar uma última olhadinha na Pitu — dizia o outro.

O pai sempre acabava ficando pronto antes da gente. De camisa branca já vestida, pegava o molho de chaves para sair. E a mãe, desesperada, nos tocando pra fora do banheiro:

— Vocês vão perder a escola. Vamos, seu pai já está indo. A lancheira está na cadeira da cozinha. Arruma esse cabelo.

Íamos pensando na Pitu. Falávamos da Pitu para os colegas de classe e voltávamos para casa no fim da tarde pensando na Pitu. Quando chegávamos em casa, corríamos para o banheiro.

E assim o tempo foi passando, e ela foi crescendo. A mãe dizia que a Pitu não estava mais tão gordinha, que tinha espichado. Já não chorava o tempo todo, as pernas estavam ganhando força...

E com isso alguma coisa começou a deixar nossa mãe inquieta. Ela não gostava de ver cocô e xixi fora do papel. De primeiro foi um pequenininho. Depois uma poça de xixi aqui, outra ali.

Teve um dia que a Pitu sujou o próprio pano. Aí a mãe ficou brava. Mas depois passou. A Pitu já estava andando com bastante desenvoltura. Logo ia aprender de tudo e se comportar melhor.

É uma pena não ter nenhuma foto dela pequena. Naquele tempo não era todo mundo que podia ter uma máquina fotográfica. E era preciso comprar um rolo de filmes e pôr na máquina. E depois tinha que gastar de novo para revelar o filme e fazer as fotos. Só rico!

Mas a Pitu era do jeito que estou contando. Acho que você já deve imaginá-la mais ou menos. Daqui a pouco vou contar as suas aventuras. Daí você vai ficar sabendo do que ela era capaz.

A Pituzinha tinha alma de onça!

Teve um final de semana que resolvemos levá-la pra fora, para conhecer a terra. Como ela já estava andando bem, o pai a largou no pé do morro que começava ali na porta da sala, ao lado do corredor que levava para o quintal.

A Pitu estranhou de início, mas depois cheirou o chão um pouco, passou a cabeça pelo mato rasteiro e logo estava dando os primeiros passos. Tropeçou em algumas pedras, mas acabou encontrando a trilha e subiu um bom pedaço do morro, farejando o terreno.

Toda essa habilidade deixou a mãe ressabiada. Logo ela apareceu com um papelão pra fixar no pé da porta do banheiro, com medo de que a Pitu uma hora saísse andando por aí.

— Um dia essa cachorra ainda vai sujar a casa inteira.

E foi por pouco, mais um tiquinho de nada e estava consumada a tragédia. Mãe, quando sente cheiro de fumaça, pode correr porque tem fogo. Elas sabem das coisas.

No exato momento em que a Pitu foi pega lá no meio da cozinha com a perna traseira levantada, na verdade ela já tinha aprontado. A mãe é que só foi perceber quando a largou de volta no banheiro.

A pobrezinha da Pitu tinha feito cocô por todo lado. Poça de xixi tinha de monte. E a danada também rasgou a casinha de papelão. O pano, no meio da sujeira, estava todo desfiado. Por fim, tinha mastigado o papelão da porta e escapado do banheiro.

Eu e o irmão devíamos estar fazendo a lição ou vendo tv, por isso nem percebemos. Assim que conquistou a liberdade, a Pitu deve ter ficado confiante e se meteu a besta de ir xeretar na cozinha:

"Vou demarcar um novo território", deve ter pensado.

Para a mãe, aquilo foi o fim. Ela estava nervosa, mas não falava o que se passava na sua cabeça. Só dizia que ia tomar providências.

Fui para a escola grilado esse dia. O que seriam providências? O que ia acontecer com a Pitu? Meus cachorros sempre sumiam. Será que a Pitu ia sumir também?

Quando voltamos da aula, o banheiro estava limpo e desinfetado. Um cheirinho bom. Porém a Pitu não estava mais lá. Nem tinha uma nova casinha pra ela, nem água. Senti um aperto tão forte na garganta que nem conseguia falar. Onde estava a Pitu?

— Está lá fora. Agora a casinha dela é debaixo do tanque. Não quero mais saber de cachorro dentro de casa. Chega! Ela já está grandinha.

Foi um alívio saber que a Pitu ainda existia. Mas ia ser muito difícil me acostumar com aquilo. Era tão bom ver a Pitu toda hora ali no banheiro. Como eu iria lá fora de noite? E como a Pitu ia ficar? E se os bichos do mato pegassem ela de madrugada?

Quando a gente acostuma com alguma coisa boa, nunca quer que acabe. Na verdade, a gente nunca imagina que um dia vai acabar. E com isso a felicidade vai se prolongando, como se fosse eterna.

Mas uma hora acaba, e a gente cai das nuvens.

Não adiantava mais implorar nem chorar. Era o fim de uma fase. A Pitu tinha crescido. Já não cabia mais no banheiro. Nem trancada dentro de casa. Agora ela tinha o quintal lá fora. E o mundo, o vasto mundo!

3
Correndo em torno da casa

Pela porta da cozinha, no fundo de casa, se chegava ao quintal. Era um espaço pequeno, abafado pela montanha, que uns cinco metros depois da porta continuava subindo. O chão era de terra batida. Ali a gente chutava bola, mexia com barro, capturava insetos...

Havia um monte de madeira num canto, onde eu escondia minha coleção de pedras. Os varais de roupa passavam no alto. E logo ao lado da porta, ficava o tanque. E debaixo do tanque agora ficava a Pitu.

Mas só se estivesse chovendo muito ou fizesse um sol de rachar. Do contrário ela estava sempre à nossa volta, pra todo lado. Ou então esperando pela gente, deitada na porta da cozinha. À noite ela trazia o pano da casinha e dormia ali.

— Ai, eu ainda vou acabar tropeçando nessa cachorra. Pitu, já pra casinha! — ralhava a mãe.

Mas a Pitu não ia. Ela já tinha cara de lambida nessa época e ficava ali se fazendo de desentendida. Queria estar por perto, se possível dentro de casa... Era deixar a porta aberta e ela entrava.

Meu irmão uma vez inventou de dar uma volta em torno da casa. Eu fui atrás. E a Pitu também. Começamos a correr um pouco, depois mais rápido e sem parar. E ela foi acompanhando, cheia de energia.

Demos várias voltas, até que a mãe acabou com a graça. Era perigoso a gente cair lá embaixo na rua. O corredor em frente de casa era estreito e logo depois dele, sem proteção nem nada, vinha um precipício que ia dar lá na garagem.

Um dia apareceu um homem lá no quintal. Era conhecido de nosso pai. Os dois conversavam e de vez em quando apontavam para cima, na direção do morro. Depois apertaram as mãos e ficou combinado: o homem ia tirar aquele morro dali.

Esse trabalho, digno de Hércules, eu pensava só existir nos livros e na TV. Mas durante a semana, enquanto brincávamos — eu, o irmão e a Pitu —, vimos o homem vencendo a montanha.

Ele ia desmanchando o morro por partes, com uma picareta, depois pegava uma pá, enchia o carrinho de mão e levava a terra para outro lugar, longe dali.

O homem era forte e trabalhava sem camisa. Seus músculos retintos brilhavam com o suor.

Estava sempre indo com o carrinho cheio e voltando com ele vazio. Falava pouco, não cantava como a vizinha lavadeira, mas gostava de assobiar. E assobiava bonito. Umas melodias tristes, que o vento levava longe.

A gente já sabia de cor quando ele estava indo e quando estava voltando. Nem precisava olhar. A roda do carrinho quando cheio rangia como se chorasse. Saíam uns sons agudos que chegavam a agredir os ouvidos da Pitu.

Até que um dia o morro inteiro sumiu, e nosso quintal aumentou. O homem recebeu o pagamento de nosso pai e partiu para sempre, depois de acenar com a mão, sem alterar o semblante.

Foi a primeira vez que eu notei alguém ganhando a vida com o suor do próprio rosto.

O quintal maior, a gente passou a brincar mais fora do que dentro de casa. Sempre que dava estávamos lá aprontando alguma coisa. Quando chovia ou fazia muito frio era uma tristeza só.

Com o tempo começaram a aparecer alguns meninos da nossa idade. A casa em que morávamos não tinha muros, igual a maioria das casas por ali. Então era fácil. Bastava chegar e se apresentar.

A Pitu latia pra quem chegava a primeira ou a segunda vez. Mas depois se acostumava com a visita e passava a abanar o rabo sempre que a via.

E quando já tínhamos uma turma de amigos, um deles inventou de fazer uma cabana. Era só pegar aquelas madeiras que a gente tinha e levar para o fundo do quintal.

— A gente faz lá naquele canto, vai ficar fera — disse o nosso amigo. E ficou mesmo!

Foi a primeira cabana de verdade que tive. Antes disso, eu fazia de conta debaixo da mesa da cozinha. Mas nada se compara a uma cabana de verdade. Era grande, tinha banco pra todo mundo sentar.

Nos reuníamos ali quase todos os dias. Geralmente para escapar do sol ou da chuva, para tratar de algum assunto secreto ou compartilhar um lanche.

E a Pitu sempre estava com a gente. Ela sentava num canto e ficava prestando atenção. Às vezes deitava. Uma orelha sempre em pé. Qualquer pedaço de comida que jogássemos ela comia.

Nossos amigos já moravam ali havia bem mais tempo que a gente. Conheciam muitos lugares, brincavam na rua. Alguns deles inclusive vinham de outra rua, de longe. Eu e o irmão nem imaginávamos. Diziam até que existia uma floresta.

E assim, duma hora pra outra, o nosso quintal — que parecia grande e divertido — perdeu a graça. Agora queríamos brincar na rua, jogar futebol de verdade, conhecer os outros meninos, explorar o bairro.

— Quando vocês forem um pouquinho maior, e tiverem juízo! — dizia a mãe quando íamos pedir.

— A Pitu vai com a gente! — um de nós sempre falava, para tentar convencê-la. E a Pitu esperando, sentada... ou deitada igual esfinge...

— Vou pensar! Vamos ver! — dizia a mãe, tentando pôr fim no assunto.

E eu sonhava em ir para a rua. Sonhava que descia a escada pulando muitos degraus. E de repente já não precisava mais tocar os pés no chão. Conseguia voar! Aquilo dava uma sensação estranha: um prazer com um pingo de medo.

E o sonho se repetia com frequência, com algumas variações. Às vezes meu irmão estava junto, e nós íamos de mãos dadas. Às vezes até a Pitu estava junto. Eu olhava para o lado durante o voo, e ela fazia o mesmo, sorrindo para mim.

Os adultos diziam que sonhar que está voando é um sinal de que você está crescendo. Mas eu não entendia o que era crescer.

Achava que crescer era ficar alguns centímetros mais alto. Era parar de chorar e aprender a latir. Crescer era sair da caixa de papelão e descer as escadas...

4
Farejando pra cima e pra baixo

Uma noite, antes de dormir, na cama com a luz já apagada, comecei a pensar: será que a Pitu já desceu as escadas sozinha? Já andou pela rua? Será que ela descobriu a floresta? Ou vive só no quintal mesmo?

Cachorro tem vida noturna, diziam.

Que ela ficava muito tempo ali na porta da cozinha a gente sabia. O pedaço de chão que ela mais ocupava tinha a terra bem batida. Nunca crescia mato. Chegava a ser lisinha, sem pedra nem areia. Brilhava até.

Ao lado do tanque ficava o pote d'água e o prato de comida. A gente dava risada com esse prato dela, porque a mãe tentava enganar a Pitu, mas não conseguia.

Ela queria tratar da nossa cachorrinha como se fosse gente. Tentava dar de tudo pra ela comer. Misturava o arroz com o feijão, algum pedaço de carne, quando sobrava, bem desfiadinho, legumes... e até salada...

A Pitu comia quase de tudo, sem nem mastigar. Fominha que só. Quando ouvia a mãe raspando os pratos, já se alvoroçava. O cotoco do rabo balançando. Já contei que a Pitu era rabicó? Pois era!

Mas não gostava de caroço de feijão, nem de tomate. Pepino também não havia jeito dela comer. Mandioquinha tinha que ser amassada no meio da comida.

A gulosa devorava o prato em um minuto. Mas no fundo ficavam os caroços de feijão, e o tomate, quando tinha. O pepino, mesmo cortado bem miudinho, também ficava, fazendo companhia para o feijão.

O mais curioso é que não sobrava nem um fiapo de carne, nem um grão de arroz. O prato ficava parecendo limpo. Só restavam aquelas coisas que ela rejeitava.

— Essa cachorra é sem-vergonha — danava a mãe quando via aquilo. Mas às vezes também a chamava de esperta.

E a Pitu era mesmo!

A gente gostava de pegar o pano dela para provocar. Se ela percebesse nossa intenção, deitava em cima e ficava de olho. Era aproximar a mão do pano e ela o agarrava com a boca.

Quando um de nós conseguia roubá-lo, ela vinha em cima. A gente então levantava o pano e ela pulava tentando abocanhá-lo. Era como brincar de toureiro. Mas quando ela conseguia pegar, era o fim da brincadeira. Mordia o pano com força e, se alguém insistisse, ela rosnava.

Mas enquanto a gente conseguia enganá-la, ela ficava eufórica. Podia levantar o pano a qualquer altura que ela tentava pegar. Dava cada pulo, parecia que ia voar, e lá no alto virava a bacia e caía em pé, com as quatro patas firmes no chão. Já pronta para pular de novo.

A Pitu tinha muita energia! E essa energia começou a dar alguns problemas.

Num domingo, quando chegamos na nossa avó e descemos do carro, quem a gente viu surgindo lá no fim da rua?

A Pitu!

Ela tinha corrido atrás do carro durante todo o percurso, nós nem percebemos. E olha que do nosso bairro até o centro era bem longe. Quando vimos, lá estava ela, com a língua de fora e a cara deslavada.

Da primeira vez foi engraçado. Todo mundo ficou surpreso. Durante o almoço só se falava nisso. Mas não era para se repetir. Ela poderia ser atropelada, ou ser pega por alguém.

— O irmão dela escapou de casa e sumiu — disse nosso tio, para tristeza de todos. — Alguém deve ter pegado o Rex na rua. — Minha barriga na hora gelou de pensar que poderia ser a Pitu.

Além disso, nossa avó não queria outro cachorro em casa. Já bastava o Didi, um velho pequinês que passava o dia deitado num canto, com os dentes tortos pra fora da boca.

E a avó criava galinha. Tinha um monte solta no terreiro. Um galo vistoso que valia uma nota. E ninhos com ovos espalhados pelas moitas. A Pitu era bem capaz de aprontar por ali.

— Minha Nossa Senhora, eu acabo com a raça dessa cadela — dizia a avó quando alguém imaginava uma cena em voz alta. — Não quero a Pitu cheirando por aqui!

A avó não queria! Mas a Pitu queria!

E não adiantou a gente ficar de olho antes de sair de casa, nos domingos seguintes. O pai podia parar o carro, tocar a Pitu de volta, fazer de conta que ia jogar uma pedra nela, gritar feito um louco. Nada adiantava.

A gente chegava na avó achando que tinha vencido. Passavam alguns minutos, já todo mundo dentro de casa, e lá vinha a Pitu, serelepe. Latia primeiro, se ninguém abrisse a porta, começava a arranhá-la.

— Espera aí que ela vai ver comigo — disse a avó um dia. E correu atrás dela pela rua com um balde de água gelada. Não sei se acertou, mas que assustou, assustou. Porque a Pitu foi embora, e depois desse dia nunca mais aprontou essa arte.

Como ela conseguiria voltar sozinha para nossa casa, sem o carro para seguir? Ia se perder pelo caminho. Eu e o irmão ficamos pensando. Era tanto morro. Curva pra lá, curva pra cá e um sobe sobe sem fim.

O avô, que era homem criado na roça, sabia dos bichos. Com a voz calma que ele tinha, garantiu que a Pitu voltaria sozinha sem nenhum problema:

— Cachorro tem faro igual de jaguatirica. Se você passou por algum lugar uma vez que seja, ele sabe. O bicho conhece o cheiro de todo mundo e segue o rastro que quiser.

Aquilo era difícil de acreditar. Mas que a Pitu andava sempre cheirando o chão, desde pequena, era um fato. Então podia ser verdade. Eu estava confiante. Mas o irmão tinha medo de chegar em casa e não achar a Pitu deitada na porta da cozinha.

Mas o avô tinha razão. No fim da noite, quando chegamos em casa, a Pitu estava lá. Só que deitada na porta da sala, esperando pela gente.

O irmão fazia festa com ela enquanto o pai procurava a chave da porta, a mãe esperando ao lado. Eu, de longe, observando. Foi então que comecei a compreender que a Pitu era mais esperta do que eu imaginava.

À noite, antes de dormir, fiquei pensando em tudo que tinha acontecido naquele domingo. E essa história da Pitu, virava e mexia, voltava, me atrapalhando o sono.

Então quer dizer que quando a gente sai no quintal ela sempre está lá!? Mas quando não tem ninguém ela reina por aí!? Desce escada, atravessa rua, vai para o centro, volta. Até a floresta ela deve conhecer... Os animais do mato...

Um fio de faca atravessava a mente. O fim do Rex ficava martelando...

Mas a Pitu era esperta. Sabia se virar sozinha. E era amorosa, como dizia a mãe. Não ia nos abandonar.

Tudo isso somado foi aumentando a confiança. A Pitu não é qualquer cachorro. Vai viver com a gente pra sempre! Vai dominar o mundo... E nós estaremos com ela nessa jornada...

Então esbocei um sorriso de satisfação. E logo em seguida adormeci.

5
Juízo para brincar na rua

Quando acordei, muitos dias tinham se passado. Meu irmão já era grandinho, devia ter alguma responsabilidade. E eu ia logo atrás, tentando imitar o que ele fazia e o que ele era.

— Vou deixar vocês brincarem na rua — anunciou a mãe.

E olhando para o meu irmão:

— Você, que é o mais velho, tem que tomar conta dele.

E depois para nós dois de novo:

— Cuidado com os carros! Não falem com gente estranha! E estejam em casa antes de anoitecer!

— Fica tranquila, mãe, a Pitu vai com a gente.

Mas as recomendações continuavam... não acabavam nunca... E todo dia era um repassar de regras. Brinquem só perto de casa! Quando eu chamar, quero vocês aqui na mesma hora! Se alguém de carro pedir informação, fiquem de longe!...

— Tem que ter juízo pra brincar na rua — era a sentença que sempre trovejava, nos ameaçando.

Mas nós só pensávamos mesmo em brincar. Muito do que a mãe falava custou pra gente aprender. As palavras entravam por um ouvido e saíam pelo outro, como nos desenhos animados.

Mas com o tempo e depois de algumas cabeçadas fomos entendendo e respeitando mais as orientações. Principalmente eu, que tive azar. Por isso posso dizer: a experiência de vida também é mãe.

Uma das primeiras recomendações que eu logo passei a levar a sério: não se deve fazer muito esforço de barriga cheia. Nada de correr ou pular. Os adultos punham medo na gente usando uma palavra feia: congestão.

— A pessoa passa mal, fica dura e pode até morrer de congestão.

Mesmo assim só fui aprender isso por conta própria e na prática.

Logo que fomos pra rua, descobrimos que a terra que o homem retirara do nosso quintal tinha sido jogada num terreno ali da frente, que começava no nível da rua e ia descendo, até encontrar a rua de baixo, lá longe.

Os moleques, assim que viram aquela terra fofa, começaram a pular nela. Eu e meu irmão entramos na brincadeira. A gente cruzava a rua correndo e quando chegava perto da ribanceira pulava bem alto e ia cair lá embaixo, depois de um longo voo.

Era tudo organizado para que um não pulasse em cima do outro. Quem ia pular tinha que esperar o aviso de quem ficava vigiando. Só quando o terreno estivesse livre lá embaixo, o outro podia sair em disparada.

A Pitu é que atrapalhava um pouco. Ela também queria brincar na terra fofa. Escavava buracos e túneis tão grandes que chegava a sumir lá dentro. Depois reaparecia em outro ponto com uma máscara de terra. Às vezes acabávamos passando por cima dela, contando com a sorte.

Com a prática começamos a disputar quem pulava mais longe. Os saltos pareciam coisa de cinema de tão altos. Era uma sensação deliciosa! Nunca tinha experimentado nada igual! Só em sonho.

Até que um sábado, logo depois do almoço, eu e o irmão fomos pra rua. Todo mundo pulando, cada vez mais longe. A Pitu cavando, cada vez mais fundo. E lá fui eu, ansioso, prestes a bater o recorde...

Quando caí na terra lá embaixo, senti que a comida voltou na boca. Minha vista escureceu e eu perdi o ar. Tinha que sair rápido dali, porque logo alguém ia pular em cima de mim. Mas não conseguia me mexer. Não ouvia nada também — só um zunido fundo.

Estava ficando desesperado!

Até que a Pitu, não sei como, apareceu na minha frente. Ela costumava cavar só lá em cima, perto da rua. Mas acho que notou alguma coisa errada e veio ver o que estava acontecendo comigo.

Assim que me viu ali paralisado começou a latir para cima, como se chamasse os outros para me acudir. Um latido alto, repetitivo e insistente, que acabou chegando lá na rua.

— Au au! Au au! Au au au! Au au! Au au! Au au au!

Meus colegas então desceram aos pulos. Um deles me puxou pelos braços, me colocando sentado. Todo mundo em volta de mim falando coisas que eu não conseguia ouvir.

Aos poucos senti o ar entrando no peito outra vez. Depois comecei a mexer as mãos e os pés. E voltei a compreender o que eles estavam falando. Até que finalmente consegui me levantar e fui para casa, amuado.

Estou vivo, pensei no caminho. Era uma sensação nova. Um alívio foi tomando conta de mim, mas eu me condenava pelo que havia feito. Era o lugar mais estranho em que tinha estado até então. O gosto azedo da fragilidade subia pela garganta.

Quando cheguei em casa, fui direto para o quarto. Nem contei pra mãe. Eu só queria esquecer aquele dia.

Depois disso aprendi o que é congestão.

Mas ainda não sabia que quem brinca com fogo acaba se queimando.

E brincar com fogo era comum entre as crianças que viam o pôr do sol na rua.

Primeiro a gente aprendeu a queimar o mato. As moitas de capim-gordura eram as nossas preferidas, por serem grandes e queimarem rápido, soltando uns estralos que às vezes assustavam.

Depois vieram as fogueiras com galhos secos, e mais tarde com madeira de construção. Mas isso já foi lá na casa do porão, para onde nos mudaríamos mais tarde.

Na casa do escadão, o que a gente mais fazia era subir os morros, depois do café da tarde, com uma caixa de fósforo na mão. Era difícil conseguir muitos palitos sem a mãe perceber. Mas quando conseguia alguns, a gente saía espalhando fogo.

Sempre atento para não se distanciar muito de casa.

Às vezes alguém achava em volta das construções uns pedaços de cano de plástico preto. Daí era o máximo! A gente punha fogo numa ponta, segurava o cano pela outra e saía pingando uma larva de plástico derretido que queimava tudo.

Mas se pingasse no corpo ardia um bocado. O plástico grudava e depois de retirado, a pele ficava em carne viva. Devia doer muito. Eu não sei direito porque comigo nunca aconteceu. O que me aconteceu foi pior.

Um dia incendiamos um terreno baldio inteiro. Tinha muito mato e montanhas de lixo. O fogo subiu fácil, e com ele a fumaça. Mesmo assim continuamos por ali, jogando tudo o que achávamos no fogo.

A Pitu do nosso lado, observando. Ora ou outra treinava os instintos de caça, saltando e abocanhando alguma centelha que passava dançando no ar.

As labaredas altas pareciam lamber o céu. Os olhos lacrimejavam com as ondas de fumaça, ardiam de cegar. E a gente ali, hipnotizado!

Então o irmão achou uma vassoura velha, daquelas de bruxa, que estava pegando fogo. Segurou o cabo pela ponta e começou a girar a vassoura. O fogo aumentou e ele se empolgou com a brincadeira.

— Cuidado — ele deve ter gritado para a turma. Mas o barulho do fogo era intenso, o mato estralava. Ninguém ouvia mais ninguém. E a fumaça avançando.

Não sei como, mas acabei me aproximando do seu raio de ação. E de repente, a vassoura em chamas me acertou na coxa e grudou minha bermuda na pele. Tive queimadura de segundo grau.

Foi outro dia estranho. Mas desse eu não escapei ileso, nem a Pitu pôde me salvar. Tive que contar para a mãe. O aprendizado dessa vez seria mais duro — e duradouro.

Precisei curar por muito tempo a coxa. Bolhas estouravam por cima de bolhas, mantendo a pele sempre em carne viva. Tomar banho, trocar de roupa, dormir — tudo era um sufoco.

Para quem tinha se achado senhor do fogo, estar queimado, preso dentro de casa, e com dor, era uma decepção sem tamanho... um arrependimento sem fim...

Depois que passou, esqueci rápido a dor e os dias de sofrimento. A cicatriz persistiria por anos, como uma lembrança da imprudência.

Mas agora eu só queria voltar a brincar na rua. Só pensava em reconquistar esse direito. A Pitu estava a postos! E o irmão também. Não era época de chuva nem de inverno rigoroso.

Eu estava pronto novamente!

E o mundo ainda era um mistério grande...

6
Um bate-papo com a Pitu

Uma vez eu acordei bem cedo para ir ao banheiro. Ou seria de noite? Nossos pais ainda estavam com a porta do quarto fechada. Provavelmente dormindo. O irmão eu tinha visto na cama dele, dormindo também.

Sempre que acordava apertado de madrugada, ia ao banheiro só de meia para não fazer barulho. Nessa época eu brincava de ninja. E ninjas não deixam rastros nem são notados quando vão de um lugar para outro. Eu era um ninja!

Quando estava voltando para o quarto, ouvi uma batida na porta da cozinha. Dei um pulo de susto e virei estátua. Quem pode ser uma hora dessas? Esperei um momento, tentando captar alguma coisa. Mas só ouvia o tique-taque do relógio da sala...

Confesso que fiquei arrepiado.

É o vento, pensei por fim. Mas logo que voltei a me mexer ouvi nova batida na porta. Não, eu não estava sonhando! Tinha alguém ali do outro lado querendo entrar. E agora? Eu só pensava: e agora?

Mas o suspense acabou com um latido que eu reconheci fácil:

— Au au, au au au!

— Ah, é a Pitu! — soltei, baixinho, aliviado.

Mas quando dei de voltar para a cama, estaquei de novo, dessa vez achando que poderia ser um sonho sim. Não é possível! A Pitu está mesmo latindo?... Ou falando?...

— Au au, au au au! — repetiu, e dessa vez eu entendi o que ela estava dizendo. Era para eu abrir a porta. Compreender o que ela falava parecia fácil, natural até. Já nem estava mais pensando nisso.

Abri um vão da porta e a corrente de ar bateu no meu rosto. A Pitu estava ali, sentada, com as orelhas em pé. Eu conseguia vê-la nitidamente, apesar da escuridão. Ela estava alegre, o rabinho abanando.

— Au au, au. Au au au, au au.

Relutei em sair para o quintal, como ela queria, porque estava só de meia. E era de noite — noite gelada. O vento descia dos morros assobiando.

Mas como insistisse, acabei cedendo e fomos sentar lá dentro da cabana. Cada um no seu lugar de sempre, como se fosse acontecer uma reunião de amigos.

Ela começou:

— Au au, au au. Au au au?

A perna estava melhor, mostrei para ela. Já havia sarado quase tudo. Sim, tinha sido uma imprudência nossa brincar daquele jeito com o fogo.

Mas que foi bonito foi. Nada se compara à cor viva da chama. Coisa mais linda, parece ter vida própria, enfeitiça a gente. Ela movimentava a cabeça, concordando.

Depois quis saber quando eu ia sair pra rua de novo. Se a mãe ia deixar. Ainda tinha um monte de lugar para conhecer.

— Au au au, au au au. Au au au? — corri a perguntar, porque estava curioso para saber se ela já conhecia a floresta. Só então me dei conta de que eu falava a mesma língua dela. Ou ela compreendia o que eu falava. Já não sei ao certo.

Mas a gente se entendia sem dificuldade... e a conversa corria solta feito um cavalo novo...

Sim, ela tinha ido até a floresta. Era enorme, cruzava morro atrás de morro num sem-fim de perder os olhos. Mas só rodeara mais por perto. Entrar fundo não tinha entrado ainda.

— Au au! Auau, au au, au au au! — questionei. Como não tem muito o que fazer lá dentro? E as árvores, os bichos, as fontes de água, as trilhas?

Sem companhia, não tem graça, ela emendou. Fiquei só ouvindo. Não falei nada, mas desconfiei que ela tinha medo de entrar na floresta sozinha. Mas talvez eu também tivesse.

— Au au au, au au. Au au — disse ela, mudando de assunto.

— Au au! — respondi, interessado no que ela tinha a dizer. E então a Pitu começou a contar uma estória, uma comprida estória. Sentada, o peito estufado, ela mexia apenas a cabeça.

— Au au au?

— Sim, acho que sim. Continua!

Mas na verdade eu estava prestando o máximo de atenção para tentar entender. A estória tinha muita informação, e um ar enigmático. Sentia que faltava alguma peça para que tudo se revelasse. Esperei ela terminar.

Ao fim, a Pitu balançou um pouco a cabeça, parecendo que ia dizer mais alguma coisa. Mas não! Tinha acabado. Apenas os seus olhos ficaram me fitando por um tempo, como se estranhassem eu não poder ver por entre a água cristalina.

Quando dei por mim, não havia tempo para perguntas. O sol ia nascer a qualquer momento, eu precisava voltar pra cama. E ela ainda queria me propor um enigma antes que eu fosse para dentro de casa.

Como sempre gostei de enigmas, fiquei empolgado e acabei esquecendo da estória. A Pitu, agora deitada como uma esfinge, fez um suspense e depois começou:

Qual é o animal que anda com quatro pés de manhã...

— Cachorro! — me antecipei com a resposta. Mas estava errada.

... com duas à tarde...

— Passarinho! — errado de novo.

... e com três à noite?

Animal de três pés? Essa era nova pra mim. Fiquei olhando para cima, tentando adivinhar. Até que um raio de sol passou por uma fresta da madeira e bateu no chão de terra da cabana.

Eu sabia? Não sabia?

A Pitu esperava a solução uma hora dessas. Que eu pensasse bem, porque quando tivesse a resposta certa — a chave —, ia poder abrir a porta. Uma vez a porta aberta, eu poderia entrar... ou apenas ver o que teria do outro lado...

Eu já não estava entendendo mais nada. E foi assim, com pontos de interrogação espetados na cabeça, que voltei pra cama e acabei dormindo de novo.

Quando acordei, o irmão já não estava mais no canto dele. O cheiro de café vinha entrando pelo quarto. Pulei da cama e corri para abrir a janela, em busca da Pitu. Ela não estava por ali. Então gritei:

— Au au! Au au! Au au au!

O irmão, que vinha passando pela porta do quarto, me viu chamando a Pitu e disparou na gargalhada. Ria tanto que nem conseguia gritar direito:

— Mãe, vem ver. O irmão ficou louco, está latindo na janela do quarto.

Disfarcei sentando na cama para calçar o chinelo. Quando vi que a sola das meias não estavam tão sujas, fiquei confuso, mas resolvi não contar nada para ninguém. Ia ser um segredo só meu e da Pitu.

Mais tarde, no quintal, não conseguia entender o que a Pitu dizia. Tentei falar na sua língua. Nada também. Ela só ficava me olhando, sentada. Às vezes virava a cabeça de lado. Até que piscou para mim, como se dissesse: é o nosso segredo.

Satisfeito, passei a pensar no enigma. Na chave que abre a porta. No que poderia ter do outro lado de uma porta. Se eu ia ter coragem de atravessar ou só de olhar. Eu queria encontrar a solução... compreender o significado de tudo aquilo...

Então voltou à memória um trecho avulso das últimas palavras que a Pitu havia me dito na cabana, ou que talvez eu tivesse sonhado depois, já não tinha as coisas claras:

... quem faz a travessia deixa um outro eu para trás...

7
Fama de cão de caça

Enfim eu tinha voltado a brincar na rua. Mas agora estava ressabiado igual passarinho. Ciscando com prudência. Procurava mentalizar as recomendações da mãe e não me meter em encrenca.

Nem muito longe de casa eu ia. Ficava ali na rua mesmo, jogando bola ou conversando com algum amigo. Às vezes esticava até o campinho de cima para jogar bolinha de gude, porque lá as bilocas eram melhores. Mas não passava dali.

A Pitu ia mais longe, acompanhando o irmão. Mas tínhamos que estar perto o suficiente para ouvir a mãe quando ela chamasse. Geralmente com o sol se pondo.

Um dia ela gritou mais cedo. Voltamos para casa contrariados, chutando pedras pela rua e resmungando um para o outro.

— Não está na hora ainda, nem anoiteceu!

Mas quando chegamos em frente de casa, a mãe não estava lá em cima, na porta da sala. E sim ali embaixo, na calçada, pedindo para a gente ir chamar a turma pra ajudá-la numa coisa.

Ela estava limpando a garagem: arrancando o mato, juntando o lixo, recolhendo as pedras maiores... E quando foi mexer numa delas, apareceu um sapo. Um sapo grande. Será que algum dos nossos amigos conseguia tirar o sapo dali, sem matar o bichinho.

A Pitu foi a primeira a se aproximar, mas ela tinha outros planos. Assim que farejou o que estava acontecendo, enrijeceu o corpo e foi pra cima do sapo como um cão perdigueiro. O rabo e as orelhas levantados.

A sorte é que a mãe conseguiu segurá-la, senão nem sei o que seria do sapo.

— Ajuda aqui, gente, leva a Pitu pra longe.

Chegar perto do sapo, só um dos meninos teve coragem. Ele tinha alguns anos a mais que a gente e conhecia meio mundo. Bom caçador e bom pescador, era a sua fama. O único da turma que conseguia entreter um adulto na conversa.

E foi esse amigo quem se propôs a ajudar a mãe. Nós outros ficamos de longe, com medo daquele bicho feio, que nos espreitava com dois olhos arregalados, o corpo inchando mais e mais.

— O sapo, quando sente a presença do inimigo, lança um leite venenoso que voa pra mais de metro — alguém disse.

— E o leite dele cega se entrar nos olhos — emendou outro.

Mas com o nosso amigo não tinha dessas. Ele pegou um saco plástico do chão, embrulhou a mão e partiu em direção ao sapo. No primeiro bote, já o capturou, facinho, facinho, e foi soltá-lo longe da garagem... e da Pitu.

Nem a mãe acreditou que seria tão fácil. Ela já tinha tentado expulsá-lo da garagem com a vassoura. E o sapo tinha pulado pra todo canto, tentando fugir.

À noite ela disse para o nosso pai:

— Parecia que ele estava pegando um filhote de tartaruga. Você tinha que ver.

Daí em diante, a Pitu ficou com fama de caçadora, que o tempo só iria confirmar. Ela caçava qualquer animal menor do que ela, e até do mesmo tamanho, se desse sopa. Teve uma vez que tentou caçar um bem maior. Mas isso foi mais tarde, lá na casa do porão...

Primeiro ela caçou moscas, bem antes da história do sapo. Quando alguma passava voando, a Pitu saltava alto e abocanhava. Era um bote quase sempre certeiro. A gente ficava com nojo de ver. E ao mesmo tempo impressionado com aquela sua habilidade.

Depois vieram os passarinhos. Era só algum deles ficar dando sopa ali perto do seu prato de comida e *nhac!* Ela pegava. Então aprendeu a capturá-los no ar, aperfeiçoando os saltos.

Aí corpinhos de pardal e tico-tico começaram a aparecer com mais frequência pelo quintal. Recolhê-los dava dó. Eu não gostava dessa tarefa, que acabava ficando para o irmão.

De tanto a gente falar na cabeça da Pitu, com o tempo ela deixou os passarinhos em paz. Mas que ficasse cada um no seu canto. O quintal era só dela! E ela estava de olho!

Os passarinhos também aprenderam rápido onde morava o perigo. Bicho do mato é esperto que só.

A Pitu não apenas vigiava o quintal, ela tomava conta da casa. Latia para os estranhos que se aproximavam, fazia a ronda em volta do terreno, farejava rastros... sabia de tudo...

— A Pitu é o guarda aqui de casa. Se a gente sair e esquecer a porta aberta, ela é capaz de deitar na frente e ficar vigiando — disse o pai para um amigo, certo dia.

Eu e o irmão trocamos um olhar de contentamento.

Era isso mesmo. A Pitu era a nossa guardiã, como o futuro provaria em mais de uma ocasião. A primeira vez que ela nos livrou do perigo foi pouco depois do comentário do pai. Sem contar aquela outra vez que ela salvou a minha vida.

Circulava no bairro a notícia sobre um homem à toa, barbudo e cabeludo. Talvez meio louco até. Um andarilho que dormia em construções, mexia no lixo das casas e carregava umas tranqueiras penduradas nos trastes que vestia.

Ele já tinha ocupado uma casa abandonada lá no começo do bairro. Depois veio subindo. Uma vizinha o tinha visto numa construção ali perto. Passado um pouco ele mudou para outra e, por fim, veio parar atrás da nossa casa, numa obra abandonada que tinha lá no alto.

O andarilho dava as caras muito raramente, não falava com ninguém. Corria o boato de que gostava de mostrar sua vergonha para as mulheres. De resto, parecia se esconder do mundo, trancado no breu das ruínas.

A gente mesmo nunca imaginou que ele estivesse morando ali tão perto.

Foi a Pitu que descobriu. Nas poucas vezes em que ele ficou parado lá em cima, observando nosso quintal, ela latiu sem parar. Um latido alto e contínuo, que me lembrou o dia da congestão.

Assim que notamos o perigo, contamos para a mãe, que ficou apreensiva.

— Se virem ele, corram pra dentro! Não vão lá pra cima de jeito nenhum!

A vida fora de casa era assim. Alguma coisa diferente sempre alterava a rotina. Tinha momentos de calmaria, que gastávamos brincando, imersos na felicidade, e momentos de alerta, de perigo iminente, de revelação.

No fim de semana, o pai resolveu pôr fim naquela história. Subiu o morro e rodeou a construção, em busca do andarilho. Assim que percebeu a movimentação, o homem fugiu.

O pai foi atrás, disposto apenas a assustá-lo. Aos gritos, engatou uma corrida na cola do desconhecido, ganhando um morro atrás do outro. E a Pitu foi junto, correndo e latindo.

Quando o pai veio chegando de volta, sua satisfação se notava de longe. Mas nem era tanto pelo sumiço do andarilho, tinha até esquecido do homem. Ele só falava do companheirismo da Pitu, da sua velocidade, dos seus latidos...

— Pena vocês não estarem lá pra ver, ela correu do meu lado o tempo todo.

E agora a Pitu estava ali, deitada igual esfinge, nos observando. Com a língua molhada pingando, ouvia a própria história com orgulho. Mexia a cabeça de vez em quando, concordando com os detalhes.

Aquele fim de tarde perdurou na memória com sabor único. Nosso pai estava alegre — todos estávamos alegres —, o perigo tinha passado e a mesa do café estava posta... a mãe tinha feito bolinho de vinagre passado no açúcar com canela...

E havia a Pitu, nossa guardiã, nossa heroína, cão de caça!

8
Lições da floresta

Num sábado depois do almoço, um amigo veio me chamar para conhecer a casa dele. Era perto, indo por uma trilha a gente chegava lá em pouco tempo. Eu nunca tinha andado por aquele pedaço, então comecei a imaginar como seria.

No caminho senti uma coceira nas pernas. Como a trilha era estreita, o mato roçava as canelas. Deve ser isso, pensei. A Pitu também esbarrava na gente, quando nos ultrapassava ou quando queria voltar, sempre correndo.

A primeira surpresa que tive ao chegar foi a floresta. Meu amigo morava em frente. Era atravessar a rua e começava um pasto que ia se avolumando, até dar no mato fechado. Ao longe as árvores avançavam morro acima, formando um tapete verde que compunha o horizonte...

— Você já entrou na floresta? — foi a primeira pergunta que me veio à cabeça.

— Já — disse meu amigo, indiferente, procurando a chave do portão nos bolsos.

A Pitu estava farejando lá na entrada da mata.

— Mas lá no fundão? — perguntei.

— Algumas vezes... Mas tem que ter mais gente. Sozinho não dá.

— Não dá ou você tem medo? — arrisquei para ver o que ele diria.

Então meu amigo se voltou para mim com um risinho de canto de boca. Atravessou a rua me chamando e apontou para a frente:

— Vai lá, quero ver você entrar. Só até o comecinho, nem precisa ir longe.

Eu dei uma boa olhada, tentando achar uma trilha. Havia algumas, mas o mato fechava duma hora pra outra. Era um emaranhado de cipó, de taquara, trepadeiras formando cortinas, galhos secos com teia de aranha...

Parecia impossível entrar. Cheguei a arriscar alguns passos, mas logo surgiu o receio de pisar num formigueiro ou numa cobra. Nem a Pitu eu consegui alcançar. Por fim, acabei voltando.

Meu amigo ria, satisfeito.

— Para entrar na floresta tem que ter as manhas — disse ele, ajeitando os óculos enquanto atravessava a rua de volta. — Por aqui não tem como entrar. Só lá pela rua de baixo... E tem uma trilha escondida ali em cima.

Então a floresta tinha entrada? Como um portal? Não era um mato aberto a qualquer um? Fiquei pensando um monte de coisa. Imaginando a hora que eu descobriria a passagem... Se ia conseguir achar sozinho...

Um bando de maritacas passou por cima das árvores, gritando:

— Não sabe! Não sabe! Não sabe!

Até que meu amigo me despertou com um puxão para dentro de casa. Ele queria me mostrar os canarinhos do pai dele.

— Um canta melhor do que o outro. Você precisa ver o branquinho.

E cantavam mesmo. Seu pai estava trazendo de um quartinho gaiola por gaiola. Enquanto assoprava o alpiste e trocava a água dos passarinhos, ia me explicando um por um. Esse cantava assim, aquele dobrado, o branquinho era raro, aquele outro era fêmea e estava chocando...

— E o corrupião, conhece? Ave rara!

Eu achava todos lindos. Cada tom de amarelo que era uma beleza. Os cantos então! Um dialogava com o outro. Um terceiro entrava e a orquestra ia se armando, até que todos cantavam em harmonia. Um espetáculo que presenciei deslumbrado.

No entanto, não me agradava ver os passarinhos presos em gaiola, pulando de um poleiro para outro, sem nunca poder esticar as asas e planar sobre as árvores, como aquelas maritacas.

— Esses passarinhos são de gaiola mesmo — disse o pai do meu amigo. — Se eu soltar um deles, ele volta pra dentro da gaiola em dois minutos. Não sabem nem ir atrás de comida sozinhos...

Mas eu gostava de animal solto, como a Pitu. Ela nunca tinha usado coleira nem ficava presa. Diferente da rosa do Pequeno Príncipe, que vivia sob uma redoma, a Pitu ia com a gente explorar os mundos.

Por falar nisso, por onde ela anda, pensei. Teria entrado na floresta? Ou voltado pra casa sozinha? Meu amigo não havia deixado o portão aberto para ela. E agora eu estava ficando preocupado.

Mas logo seu pai emendou outras histórias, levando a conversa para a floresta, e eu acabei esquecendo da Pitu. A mãe do meu amigo apareceu na porta da cozinha e também começou a alimentar o papo.

Um dos perigos do mato, segundo ela, é a aroeira. Uma árvore de folha comprida e bem verde, que tem o caule manchado de branco. Não é muito alta.

— Você não pode passar perto dela, senão ela te queima inteirinho.

Era o que tinha acontecido com o meu amigo. Seus braços e pernas empipocaram. Depois aquela irritação foi se alastrando pelo corpo. A pele vermelha coçava, ardia tanto que chegava a queimar. Até a sua língua tinha ficado grossa.

— Se uma aroeira te der uma surra dessas, você tem que voltar lá com um chicote de couro e surrá-la também. Só assim ela te deixa em paz — disse o dono dos canários.

E meu amigo confirmou. Ele tinha voltado e chicoteado a árvore. Depois disso, nunca mais empipocou. Já havia passado por lá outras vezes, e nada.

Eu, no entanto, só ficava mentalizando como seria essa árvore, manchada de branco, com as folhas compridas. Não queria precisar chicoteá-la algum dia.

— Uma hora eu te mostro! — ele me prometeu. — Quando meu pai for me levar na cachoeirinha, eu te chamo e a gente vai pela trilha de baixo.

E me explicou que no mato a gente tem que andar com o ouvido ligado. Ficar em silêncio ajuda a reconhecer a voz de estranhos ao longe, te seguindo ou vindo na sua direção.

— E o barulho dos bichos também te ajuda a entender o que está acontecendo, a prever o perigo.

Com vergonha de não saber nada do que ele sabia, fiquei boa parte do tempo em silêncio, pensando na cachoeira, no caminho até lá, no pai dele conduzindo a fila... desbravando a floresta...

Depois comemos uma maçã que a mãe dele nos deu e eu me despedi, levantando para ir embora. Precisava voltar para casa, já estava quase na hora da janta. Minha mãe devia estar preocupada.

Se era difícil andar pela floresta, pelos pastos não. Era só ficar de olho na trilha. Na volta, o amigo me apontou outro caminho, que eu também não conhecia. A Pitu de repente apareceu, passando tão ligeira pelas minhas pernas que quase caí.

Esse dia mudou a minha noção de mundo. Eu agora sabia muitas coisas sobre a região... conhecia os caminhos e os perigos... sabia da cachoeira, das entradas da floresta... tinha uma tal de aranha X, perigosíssima...

Ia repassando tudo de cabeça para mais tarde contar para o irmão, quando chegasse da rua. Ele também tinha saído com um amigo.

Seriam muitas as novidades para pôr em dia antes de dormir, já com a luz do quarto apagada. E as novidades preencheriam as horas... os dias... e a nossa imaginação...

9
O mundo é dos insetos

Naquele mesmo dia, na hora de tomar banho, comecei a sentir uma coceira entre as coxas. Achei que fosse pulga, porque a Pitu às vezes pegava, a gente sempre ficava de olho. Mas dessa vez não era pulga.

— É carrapato! — disse a mãe, nada surpresa.

Os pastos viviam cheios de cavalos. Os donos soltavam os animais para pastar naquelas ribanceiras. Era comum encontrá-los por todo canto, abanando o rabo e mascando capim.

— Onde tem cavalo tem carrapato. Os carrapatos vivem de sugar o sangue dos outros animais — completou a mãe. E agora os malditos estavam sugando o meu.

Eles grudavam tanto na pele que ficavam parecendo uma pinta. E sugavam nosso sangue mais rápido do que pulga, por isso cresciam depressa também. Se deixasse, chegavam a ficar do tamanho dos caroços de feijão que a Pitu deixava no prato.

Depois desse dia, passamos a ficar de olho em pulgas e carrapatos, tanto na gente quanto na Pitu. Nela os teimosos grudavam na barriga, perto da boca e dentro do ouvido. Era o lugar mais difícil de tirar, só com pinça e paciência. Ela sofria, coitada.

E não eram só pulgas e carrapatos que nos atazanavam. Havia ainda aranhas, escorpiões e outros aracnídeos. Mas para nós tudo era inseto. Eles dominavam o mundo! E nós lutávamos para sobreviver, sempre tentando exterminá-los. A Pitu era mestre nisso. Além de abocanhar mosquito, matava aranhas e escorpiões com uma patada.

As aranhas apareciam por todo lado, entravam dentro de casa, se escondiam debaixo do tapete, atrás das portas, das cortinas... O receio era encontrar uma dentro do sapato ou no meio das cobertas.

Eram muitas e tão variadas que o pai começou a colecionar. Pegava uns vidros de maionese vazios, punha um pouco de álcool e ia depositando ali, em conserva, todas que capturasse em bom estado.

Era uma distração ficar balançando os vidros e vendo aquelas aranhas de perto. A gente podia olhar bem nos seus olhos, comparar os tamanhos, as cores.

As peludas eram as mais pavorosas. Pareciam estar vivas, prontas para o bote. Mas presas no vidro, sem poder nos fazer mal algum, eu ria na cara delas, me sentindo Deus.

Escondido, tirava as aranhas do vidro para brincar, junto com formigas e tatus-bola vivos que eu caçava. Depois, guardava tudo de volta, com muito cuidado. Se quebrasse alguma perninha, o pai desconfiaria na certa.

O irmão, que às vezes aumentava as coisas, um dia chegou contando que tinha visto uma tarântula — a aranha mais temida de todas, grande e peluda. Claro que ninguém acreditou. E como ela nunca deu as caras, acabamos esquecendo essa história.

O pai tinha também vidros com escorpiões, que apareciam pela casa em menor número, mas despertavam um pavor maior. Ele sempre nos alertava:

— Uma picada de escorpião dói que nem picada de cobra. Pode até matar!

Havia escorpiões de vários tamanhos e de vários tons de amarelo e marrom. O preto e o branco, que eram considerados os mais perigosos, nunca apareceram. Sorte nossa.

A mãe foi a primeira a ver um, debaixo do tapete da cozinha. Dias depois, ao abrir a porta, outro caiu na sua mão. Por pouco não foi picada. Aquilo foi deixando ela desgostosa. Já falava em mudar de casa.

Mas os animais peçonhentos nunca picaram nenhum de nós. Dessa escapamos! Os carrapatos e as pulgas, apesar da chatice quando apareciam, não tiravam a vida dos trilhos.

O maior tormento mesmo apareceu voando, em círculos, e fazendo um zunido que uma vez ouvido a gente nunca esquece. O mosquito.

Mas era um mosquitão, meio verde, meio azul, até bonito. O nome desse inseto exótico, fiquei sabendo depois, é mosca-varejeira.

Tudo começou com uma reclamação do irmão.

Quando era picado por pernilongo ou pulga, ele tinha a mania de coçar até virar uma ferida, que depois custava a sarar. As pernas e os braços viviam manchados de tanto que ele cutucava.

Mas uma picada em especial deixou um calombo vermelho e duro que não sarava nunca. Pelo contrário, só crescia. Coçava. E doía muito também. Era no lado direito das costas, perto da cintura.

O irmão nem conseguia mais se vestir direito. E a mãe já tinha feito de tudo. Pano com água quente, remédio, simpatia... E nada de sarar. Até que num domingo ela resolveu mostrar para o sogro.

— Quem sabe ele dá um jeito nisso!

Nosso avô, quando viu, parecia saber do que se tratava, mas não abriu a boca. Só disse que depois do almoço ia dar uma olhada. E que a Pitu teve sorte, poderia ter sido com ela. Meu irmão fez um olhão de assustado antes que o avô soltasse uma gargalhada.

Quando a tarde chegou, ele deitou meu irmão de bruços no colo e começou a examinar o ferimento. Pediu álcool, depois leite morno com açúcar. E foi explicando o que era aquilo enquanto ia mexendo.

— Não é picada isso aqui. É berne. E já está bem grande, olha.

Ele apertou em volta e algo por baixo da pele parecia se mexer, querendo saltar para fora. O irmão gemia de dor, mas estava lá, firme e forte.

A mosca-varejeira põe o ovo na pele de outro animal. Daí cresce o berne, que depois rompe a pele para virar uma nova mosca. Foi falando e espremendo em volta da ferida.

— O leite morno com açúcar atrai o berne. Aos poucos ele vai sair.

Como estava demorando aquela cena nauseante, dei um pulo no terreiro da avó para ver se achava algum ovo de galinha nos ninhos. Sabia onde ficava a maioria deles, mesmo os mais escondidos.

Mas todos tinham um ovo só, e este não podia pegar. Só se tivesse dois ou mais. Em ninho vazio, galinha não bota. Isso eu aprendi. A avó chegou a danar comigo um dia. Eu tinha feito um teste e tirado a prova.

Quando estava acabando de conferir, ainda com as mãos vazias, gritaram lá da cozinha:

— Está saindo, vem ver!

Um ponto preto apareceu primeiro. Depois foi saindo uma parte mais clara, até que o berne saltou inteiro para fora. Então o avô curou o buraco que ficou nas costas do irmão e disse que agora ia sarar.

O berne é mais nojento do que a mosca: é uma larva gorda. Tem uns pontinhos pretos pelo corpo, que é cor de pus.

Voltei para o terreiro com o estômago virado, aquela imagem atormentando a cabeça. Meus primos me seguiram, sem tocar no assunto. Por fim os adultos também apareceram lá fora. Até que o avô gritou para os netos, que já iam longe:

— Hoje de manhã eu vi uma cobra lá atrás da casinha. Fiquem do rio pra cá.

Nós crianças só imaginávamos como eram as cobras, porque ninguém até então tinha visto uma de verdade. Morta não contava, a cabeça delas ficava sempre esmagada, não se via nada direito. E a pele pendurada no galpão, sem vida, mais parecia um pedaço de corda.

Apesar de não vê-las, também ameaçavam o nosso mundo, como os insetos.

Mas as cobras não eram insetos. Eram predadoras de insetos!

10
Cachorro também adoece

Sempre tive um pressentimento de que um dia a Pitu ia sumir, como nossos outros cachorros. Desde o dia em que ela chegou em casa, dentro daquela caixinha de papelão. Acho que já contei isso.

Enfim, esse dia havia chegado, para o desgosto de todos.

Quem descobriu foi o irmão, que sempre madrugava.

— A Pitu fugiu, mãe. Desde ontem que ela não aparece.

— Ela deve estar por aí. Uma hora ela volta — disse a mãe, sem dar muita bola.

— Nem a comida de ontem ela comeu. Já faz tempo que ela fugiu.

Nesse dia nem conseguimos fazer a lição direito. Sem fome para almoçar, fomos para a escola cabisbaixos, pensando na Pitu. Nosso desejo era voltar logo para casa e encontrá-la deitada na porta, ou em pé lá no alto da escada, abanando o rabo.

Um desejo simples que, se realizado, nos deixaria felizes de novo. E nos apegamos tanto a esse desejo que já achávamos natural que acontecesse. Nem pensávamos na hipótese contrária.

— Quando a gente olhar para cima, a pretinha vai estar lá — disse o irmão, convicto.

— A gente vai escutar o latido dela bem antes de chegar na frente de casa — retruquei.

Mas nada de nada! Caímos do cavalo direitinho.

Quando voltamos, tudo estava em silêncio, o pé da porta vazio. A mãe nem sabia o que dizer, mas insistia que a Pitu uma hora voltaria, como se quisesse nos distrair. Ou nos consolar.

Passei o resto da tarde sem achar o que fazer. Ir para a rua sem a Pitu eu não queria. Não tinha graça, eu estava triste. Carrinhos, hominhos, ioiô, os vidros de inseto — nada me dava ânimo. Eu só pensava na Pitu.

Quer dizer, às vezes eu lembrava das figurinhas que tinha perdido no recreio e ficava mais triste. Dia de azar, eu pensava. Como bati mal, nem no par ou ímpar tive sorte. Nunca vou recuperar aquelas figurinhas... e a Pitu sumiu...

Eu só lamentava. E ficava pensando no tempo. Se houvesse um modo de voltar no tempo, tudo se resolveria. Ou nem teria acontecido. Eu já tinha tentado voltar os ponteiros do relógio uma vez, mesmo desconfiando que não daria certo. E se voltasse os de todos os relógios do mundo ao mesmo tempo? Ficava pensando nessas experiências.

O irmão estava na sala com um amigo. A porta de dentro fechada só deixava ouvir um som alto. Dei a volta por fora e quando cheguei na porta de entrada, os dois estavam ali, fingindo que tocavam guitarra. Cada um segurava um cabo de vassoura.

Que chatice, falei comigo mesmo, e fui para o quintal. E assim, de um lugar para outro, chutando pedra em volta de casa e pensando em muitas coisas, passei o resto do dia.

Às vezes a gente não acha um lugar no mundo que nos caiba...

À noite, na mesa do jantar, já de banho tomado, escutamos um barulho lá fora. Olhei para o irmão imediatamente. Ele também tinha ouvido. Ficamos sem nos mexer, esperando.

Sim, alguma coisa tinha arranhado a porta. E o barulho era conhecido. O mesmo que a Pitu fazia quando soltavam foguete ou bombinha. Um desespero só, implorando para entrar em casa.

— É a Pitu — gritamos juntos. E todos correram até a porta. Com o alvoroço não se decidia quem ia abaixar a maçaneta. As mãos se chocavam no ar. Até que conseguimos.

E era a Pitu! Sim! A Pitu estava de volta!

Eufóricos, pulamos em volta dela, roubamos o seu pano para provocá-la, corremos pelo quintal e terminamos fazendo carinho em sua cabeça. A Pitu nos olhando com uns olhos vivos de felicidade.

Mas ela estava diferente. Um pelo duro, sujo, um mau hálito, uns esfolados com sangue já duro. Um cheiro ruim parecia vir dela, porém quando fomos perceber já era tarde.

— Credo — o irmão se levantou, cheirando a mão. — Ela está fedendo a carniça!

E o fedor era tão ardido que impregnou na gente: nas mãos, nos braços, no pijama. Tivemos que tomar banho de novo aquela noite e trocar de roupa. Mas a alegria era tanta que fomos sem reclamar.

A Pitu tinha voltado pra casa, e com ela a vida se recompunha.

Como pode as coisas mudarem tanto de uma hora pra outra?, fiquei pensando debaixo do chuveiro. Só falta eu recuperar minhas figurinhas.

Tem hora, na vida, que se parece com aquelas tardes ensolaradas que escurecem de repente, sob relâmpagos e trovões. O temporal ameaça, ameaça, e nada. Estouram uns pingos na vidraça com a ventania e, por fim, o céu reconquista o azul para o sol fazer a sua pintura de despedida.

A Pitu tinha chegado morrendo de sede e de fome. Enquanto estávamos no banheiro, ela esvaziou o pote de água e limpou um prato de comida que a mãe tinha feito — arroz com feijão, batata e bolinho de carne.

O banho dela ficou para o dia seguinte. Fomos dormir eufóricos e falantes, mas a alegria durou pouco. No outro dia, assim que pulamos da cama, a mãe passou o recado:

— A Pitu está com um probleminha! — disse lá de fora, com a mangueira ligada na mão.

O quintal tinha amanhecido todo sujo de sangue. Àquela hora já estava quase tudo limpo, mas também barrento. Daquele jeito, nem podíamos sair para ver a Pitu. A gente nem sabia onde ela estava.

— Ela vai ter que ficar trancada na casinha por uns dias — a mãe respondeu.

Não era doença de morte, nos garantiu. E acreditar na mãe estava mais fácil depois daquele susto. Logo a Pitu estaria de volta, brincando com a gente.

Nos dias em que esteve presa, ela recebeu muitas visitas. Nunca pensei que a Pitu tivesse tantos amigos. A maioria a gente nunca tinha visto.

Tinha de todos os tamanhos e de todas as cores. Andavam sempre em turma, liderados por um grande. Aonde o líder ia, os outros iam atrás, sempre juntos e em sincronia. Os rabos eretos igual bambu.

Muitos deviam vir de longe. Uns demoravam mais, cheiravam muitas vezes a casinha, circulavam e voltavam para ver a Pitu de novo. Já outros cumprimentavam e depois sumiam rápido, como tinham surgido, do nada.

Tantas visitas assim... que satisfação. Eu ficava ali, entretido, analisando os cachorros, os movimentos, e imaginando onde a Pitu tinha conhecido cada um deles.

Era bonito de ver — a amizade.

11
Adeus, casa do escadão

Todo fim de ano chovia sem parar, dias e noites ininterruptos. A casa ficava úmida, as roupas lavadas custavam a secar e não se podia brincar fora de casa. Os dias eram longos e arrastados.

Foi numa época encharcada dessas que aconteceu um acidente, que por pouco não virou tragédia. A mãe parecia que vinha pressentindo:

— Não quero vocês brincando deste lado. Vão lá para o outro canto, ou para o fundo do quintal.

O morro ao lado de casa fazia tempo vinha apresentando algumas rachaduras lá no alto. Com a chuva, a água penetrava nas rachaduras e isso acabou amolecendo a terra.

E assim uma parte da montanha desabou no corredor, tomando a passagem. Mas o pior ainda não era isso. Caiu tanta terra que derrubou a parede da cozinha, sujando tudo lá dentro.

A gente já estava dormindo quando aconteceu. Com o barulho de madrugada é que fomos ver: a parede desfeita no chão da cozinha, a terra cobrindo tudo com suas mãos invasoras, o vento cuspindo a chuva para dentro de casa.

Uma cena espantosa!

Me impressionou tanto que acabou dominando a lembrança daquele dia. Hoje, só me lembro da parede caída com terra por cima, da gente ali paralisado, observando tudo aquilo. Não me recordo como a cozinha foi limpa, quando levantaram a parede de novo... nada.

O que sei é que foi a gota d'água para a mãe. Ela estava decidida: queria se mudar daquela casa, que só tinha dado desgosto. Além do quê, não pretendia ficar subindo e descendo escadas depois de velha. Já não bastavam os insetos?!

— Ainda bem que foi de noite. Imagina se algum dos meninos estivesse ali no corredor! Tinha matado!

A Pitu também estava a salvo, já havia aparecido lá no buraco, olhando pra gente com cara de interrogação. Ora ou outra ela chacoalhava o corpo para expulsar a água da chuva. E voltava a nos observar.

O pai não falava nada. Só deitava os olhos em tudo aquilo, parado na entrada da cozinha. A cara baixa de desgosto se perdia na terra. Talvez agora estivesse dando o braço a torcer, repensando, remoendo...

Não sei se para ele também foi a gota d'água, mas que ajudou a convencê-lo ajudou. Porque depois disso começamos a ouvir falar da casa nova que ele estava construindo. A mãe passou a contar os dias para mudar.

Ficava algumas ruas para trás da nossa, bem mais perto da floresta. Uma vez chegamos a visitá-la, eu, o irmão e a mãe. Fomos a pé, com a Pitu indicando o caminho.

A casa nova, também de dois quartos, estava quase pronta, ficava no nível da rua e não tinha montanha nenhuma em volta. O quintal, em vez de subir morro acima, descia a ladeira, em direção à rua de baixo.

A sensação de um novo lar abria uma outra perspectiva de vida, desconhecida, desejada. Ali dentro daqueles cômodos vazios, que faziam eco, a gente ficava imaginando coisas: a disposição dos móveis, a cor das paredes, onde cada um ia dormir...

A Pitu já tinha andado a casa toda, os arredores lá fora, já havia descido no porão, percorrido o quintal. Agora esperava, deitada num canto da sala, nos observando com a língua de fora.

Quando voltamos para a casa do escadão, uma sensação esquisita passou pela minha cabeça, como se já tivéssemos trocado uma casa pela outra, traindo a casa que fora o berço da Pitu, que conhecia toda a nossa história, os melhores momentos, os segredos, as vergonhas...

E ali da rua, antes de subir, a casa do escadão me lançou um olhar severo lá de cima, com seus dois olhos que eram as janelas da frente. A garagem, uma grande boca pronta para nos engolir. Um arrepio passou pelo meu corpo.

Quando tinha uns três anos, eu morria de medo de um chorão gigante que derrubava seus galhos na rua da casa de minha avó. Achava que ele pudesse me agarrar a qualquer momento, sempre queria que todos atravessassem a rua ao passarmos por ele.

Eu, que agora era bem maior, que morava perto da floresta, que já brincava na rua, que saía sozinho por aí, eu, que agora ria desse medo bobo, tive receio de subir aquela escada. Tive medo da casa do escadão! E tive vergonha de ter medo!

— O relógio da sala não vamos levar. Pode pôr no lixo — gritou a mãe no dia da mudança, entre as caixas de papelão. — Está cheio de cupim. Põe logo lá embaixo antes que passe para os móveis!

Foi um sábado agitado, em tudo diferente. Tínhamos acordado de madrugada, tomado café com a turma da mudança, todo mundo de pé ao redor da mesa da cozinha. E agora era um deus nos acuda de faz isso leva aquilo encaixota aquilo outro.

— Vamos, menino, não é hora de sonhar não!

Por fim entrei no fusca do pai. Fui o último, bati a porta do carro e olhei para cima. O peito fechado. A garganta seca. A casa me fitava, mas já não tinha aquele ar reprovador. Me olhava agora com compaixão, com ternura. A escada era uma lágrima que escorria lá de cima.

Me voltei para dentro do carro e então notei o caminhão adiante. Todos os móveis lá em cima, empilhados. A nossa vida. E os homens conversando, largados pelos cantos da carroceria. O último deles levantando a grade traseira.

— Então a gente não volta mais aqui?

— Não, filho, nunca mais! — foi a resposta seca do pai enquanto conferia os retrovisores do carro, tentando ao mesmo tempo sintonizar uma rádio.

Enfim estávamos de mudança.

Adeus, casa do escadão!

Tudo foi me deixando deslocado. O relógio ali no lixo, com os ponteiros parados, que nada diziam. A casa estática, incapaz de alterar nosso destino. A ausência dos amigos àquela hora. Onde estariam? Apenas o som da lavadeira ao longe, cantando um lamento.

— Então é adeus?

— Sim, filhão, é para sempre... para... sempre... — a mãe parecia anestesiada agora que tudo tinha acabado.

Lá no alto, na ponta do telhado, havia pousado uma coruja. E o seu pio insistente ressoava como um escárnio para mim:

— Crrê rê rê... Crrê rê rê... Crrê rê rê...

Aquele som virou uma martelação em meus ouvidos, que persistiu por um tempo, com as palavras do pai e da mãe se alternando: nunca mais nunca mais nunca mais... Crrê rê rê... Para sempre para sempre para sempre... Crrê rê rê...

Quando me voltei para dentro do carro de novo pensei na Pitu. Por onde andaria?

O pai então deu a partida e começamos a nos mover. Ultrapassamos o caminhão e seguimos, devagar, abrindo o caminho. As casas conhecidas foram ficando para trás. E também uma época da vida...

Mudar é estranho!

A Pitu corria por ali, ora nos rodeando, ora disparando na frente, como quem menospreza o futuro, e por isso não o teme... No auge da sua energia, a jovem aventureira estava pronta...

A casa do porão

1
Desbravando a floresta

A floresta agora fazia parte do nosso horizonte. A rua da nova casa ia dar no começo da mata, uns cem, duzentos metros adiante. Tinha uma cachoeirinha e um poção próximos. A turma conhecia tudo. Tinham mais experiência de mato do que os amigos da rua do escadão.

Eu e meu irmão estávamos muito por fora. Não tínhamos estilingue, não sabíamos fazer arapuca, armar alçapão, não conhecíamos as frutas do mato, as fontes de água potável. Era preciso começar do começo.

Então no domingo, depois do almoço, o pai se propôs a ir com a gente fazer a primeira expedição. Calcei meu tênis com o coração acelerado, pus um boné para me proteger do sol, a pedido da mãe, e lá fomos nós: eu, o irmão e o pai. A Pitu nos acompanhando no seu modo de sempre.

O pai queria margear a floresta desde o início, então não fomos até o final da rua. Descemos outras duas e pegamos o mato lá no começo, onde meu amigo havia me desafiado a entrar. Agora chegou a minha vez, pensei ao lembrar que ele já fizera esse passeio com o pai dele.

A floresta lá no início era úmida e escura. Um vale estreito e íngreme por onde corria o rio. Pouco se aproveitava daquela geografia. Ninguém se aventurava por ali. Então fomos contornando o mato por um tempo, sem adentrar.

Jogador de bocha que era, o pai começou a lançar pedras lá embaixo, mirando um ou outro pé de árvore. Até que nos propôs um desafio. Nos aproximamos de uma ribanceira e ele lançou uma pedra pequena lá embaixo.

— Aquele é o bolim. Cada um tem direito a lançar cinco pedras do tamanho da palma da mão. Quem parar mais perto do bolim ganha.

Fomos lançando as pedras alternadamente. O pai tinha muita habilidade: sempre colava a sua pedra no bolim. O irmão tentava garantir o segundo lugar. Mas quem venceu foi a Pitu, que de repente surgiu lá embaixo, pegou o bolim com a boca e sumiu no mato.

O pai ficou mordido:

— Mucuta! Eu te pego!

Depois acabou rindo, como nós.

Continuamos o percurso esperando que ela reaparecesse em algum lugar. Mas logo nos distraímos. Um barulho de água foi ficando cada vez mais alto. E uma gritaria também. Alguns carros passavam por nós, indo na mesma direção.

Quando chegamos ao fim da rua, o barulho era intenso. Os carros estavam estacionados em volta de uma velha porteira que se anunciava como a entrada principal. Agora estava claro. Era por ali que cruzávamos de um mundo para o outro. Minhas pernas estavam bambas.

Avançamos pelo chão de terra, o pai abriu a porteira e nos esperou passar. Todo mundo estava curioso, se via pelo rosto. Lá de dentro, sem que pudéssemos saber de onde vinha a voz, alguém gritou:

— Deixa a porteira fechada!

O pai passou a tranca conforme a ordem. Então atravessamos um mata-burro, passamos pelo pasto dos cavalos, seguimos por alguns metros mata adentro até que uma clareira surgiu à nossa frente. E no meio um lago imenso. O poção!

Havia muita gente por ali, era um passeio comum de domingo. Gente tomando sol, gente nadando. As boias eram câmeras de pneu de caminhão, de trator. Pura diversão. Um menino saltou do alto de uma árvore, deu um mortal e sumiu na água.

— Podem entrar — gritou o pai por cima do barulho.

Nem precisou falar de novo. O irmão já tinha tirado o tênis e a camiseta e partira correndo. Ia dar um ponta. E deu! Depois foi nadando em busca da outra margem, lá longe.

Eu tinha receio daquela água barrenta, que não deixava ver o chão. E se pisasse em alguma coisa estranha? Era fundo? Tinha redemoinho? E se aparecesse uma cobra-d'água?

Mas quem apareceu foi a Pitu. Sem pensar em nada ela se atirou na água atrás do irmão. Eu nunca tinha visto cachorro nadar. Era ágil a danadinha, só a cabeça de fora, batendo as patas da frente sem parar. Ia que só.

Daí nem pensei em mais nada, não queria dar um de mugango, como dizia o pai. Pulei atrás da Pitu e recebi o impacto do gelo que estava a água. Mas continuei até alcançar o outro lado, onde o irmão conversava com outros meninos, nossos vizinhos.

— Aí vem a Pitu, minha cachorra — ele disse. E a Pitu saiu do poção pouco antes de mim, chacoalhando o corpo e espirrando água em todo mundo. Foi a sua apresentação, que fez uns rirem, outros xingarem.

— O meu tá por aí também, o Lobo, mas ele já tá velho — disse um deles.

— É sempre cheio assim? — queria saber o irmão.

— Mais quando tá quente. O poção lá de cima também enche.

— E na cachoeirinha, vocês já foram? Vamos lá então que a gente te mostra. — E foram saltando de volta na água, um a um. A Pitu pulou na sequência, e eu atrás dela, sempre evitando encostar o pé no fundo do poço.

Na cachoeira, apesar das encantadoras quedas-d'água, não se nadava de domingo. Nem aparecia ninguém por aquelas bandas, porque era um lugar frequentado pelas mães de santo, que lá faziam os seus trabalhos. Vinham de longe, os carros na porteira eram delas.

Gordas e bem-vestidas em tecidos brancos e colares coloridos, eram seres dotados ao mesmo tempo de beleza e mistério. Eu queria entender o que faziam mas, entregue ao fascínio, só observava de longe.

Alguns amigos, como aquele que pegou o sapo, riam de tudo aquilo — a que chamavam macumba —, estilingavam as garrafas encontradas nas encruzilhadas, em banquetes armados no chão com toalha branca, comiam do frango assado e das frutas e saíam blasfemando.

Com o tempo as mães de santo sumiram dali, mas permaneceram na minha imaginação. No futuro, ao encontrar algum trabalho delas pelo caminho, me lembrava desse dia especial em que o pai nos mostrou tanta coisa, expandindo nossos horizontes... nosso afeto...

Como não tinha muito o que fazer na cachoeirinha, além de observar de longe, um dos amigos propôs ao pai outro lugar, mais adiante, mas que valeria a pena. Pois tratava-se de um pé de marolo que tinha lá dentro da floresta.

— A gente vai por essa trilha, chega num instantinho. Já deve ter algum maduro.

E lá fomos nós, seguindo as regras da mata, que ele e os outros repassavam: nada de falar alto, muito atento aos barulhos e aos bichos, pisando de leve mas ligeiro, sempre juntos, não ficar para trás nem sair correndo na frente...

Achei que faziam um pouco de drama.

Mas quando a floresta fecha em cima de você, tapando a entrada do sol, esfriando instantaneamente a temperatura, te tocando por todos os lados com folhas e galhos, te impondo um conjunto de sons diferentes, e o cheiro intenso de mata virgem...

... quando tudo isso te abraça sem você esperar, o primeiro desejo é voltar atrás, ou pelo menos não adentrar muito além. Na mata, todo caminho se parece. Quanto mais se afunda, mais tenso fica. Desconhecemos com que bichos podemos nos deparar... se saberemos o caminho de volta... se toparemos com algum estranho...

Ficamos à mercê de quem conhece. Mas nossos amigos eram cobras. Manjavam de tudo e logo nos apontaram o pé de marolo, numa outra clareira que nos abriu. Ver o sol novamente foi um consolo.

— Ele é alto porque teve que vencer a copa das outras árvores. Mas eu vou subir lá — disse o amigo, que na sua simplicidade já tinha deixado transparecer que sabia das coisas.

— Não me vai cair daí — disse o pai mesmo assim.

A Pitu, nem sei como, apareceu ali do lado, olhando para o alto, como quem espera a refeição. E ainda por cima se chacoalhou para espantar um resto de água do corpo, molhando quem estava por perto.

O pai ficou extasiado de ver nosso amigo subir fácil até o topo da árvore e começar a nos lançar um ou outro marolo, ainda que verde. Mas apareceu um madurinho, e dos grandes, que ele fez questão de lançar na mão do pai.

Acabamos todos sentados por ali, comendo aquela fruta que se sobrepôs ao cheiro da mata com seu perfume inigualável.

Entre uma e outra cuspida de caroço, os meninos foram nos revelando um segredo da floresta:

— No fim da mata, lá pra cima, dizem que tem uma porteira assombrada. Quem cruza ela não volta mais. Vários cavalos já sumiram por aqueles lados.

— O tio do meu amigo perdeu até umas vacas naquele pedaço.

— Não foi lá que sumiu um casal de moto?

— É, dizem que ficou só a carcaça da moto.

— E quanto tempo leva daqui até lá? — quis saber o pai.

— Ah, é longe, leva uma vida inteira...

— A gente nunca foi, nem sabe onde fica.

— Só de ouvir falar mesmo.

E então ninguém abriu mais a boca. O silêncio nos viu cuspindo o resto dos caroços e em seguida voltamos para o poção. A Pitu não tinha gostado de marolo e acabou sumindo de novo. Só fomos nos reencontrar já perto de casa, todos cansados mas felizes.

Foi a maior e mais viva experiência que guardei do pai, porque depois disso ele foi ao encontro daquela porteira. Nunca soubemos como nem por quê, mas ele acabou passando para o lado de lá.

A mãe cobriu o rosto com as mãos, como fazia com os espelhos quando chovia de relampejar. Era lençol por cima de tudo, e ave-maria rogando misericórdia. Até que a chuva maneirava e vinham as histórias de lobisomem, de fantasma.

Tempos depois a Pitu mudou a rotina. Sem que soubéssemos, ela estava prenhe. E seus filhotinhos foram vindo ao mundo um atrás do outro. A coisa mais linda! Sete ao todo, e só nasceram com ajuda do irmão, que instintivamente tinha esse dom de parteiro.

A vida renascia em nossa casa, e eu já imaginava um nome para cada um.

2
Caçadas de Pitu

Assim que mudamos para a casa do porão, um vizinho foi dar as boas-vindas ao pai. Acabaram pegando na conversa, daí o pai o chamou para dentro, o levou até a mesa da cozinha, beberam um conhaque e se tornaram amigos.

O homem gostava de falar, era expansivo. E tinha uma risada que trovejava. Sua careca era compensada por um basto bigode, que superava o do pai, e pela coleção de casos que ele abria na mesa como um baralho de canastra.

Com o tempo eu e o irmão perdemos a timidez e fomos nos aproximando. O homem logo passou a conversar com a gente. Disse que a floresta era uma grande fábula e que se chamava mata da cruzinha.

— Vocês já sabem o porquê desse nome?

Não sabíamos. Não sabíamos de quase nada.

Então ele contou que muito tempo atrás, quando ainda não tinha quase nenhuma casa no bairro, de vez em quando um camburão parava nas margens da floresta à noite, e os homens iam dar umas voltas lá dentro com algum preso. Punham tanto pavor nos sujeitos que alguns não aguentavam.

— Até desapareceram com um. E desde então a floresta ficou assombrada. — Em vão ele tentava baixar o tom de voz.

— Quem passa da meia-noite lá dentro encontra essa alma penada, conhecida como o homem da cruzinha.

O pai observando como quem se deixa levar.

— Ele persegue as pessoas até a saída da mata, com uma vela acesa na mão e uma cruz na outra.

Ele mesmo, que estava ali na mesa nos contando tudo isso, já tinha visto a assombração. Quer dizer, a assombração propriamente não, porque era invisível. Só viu a cruz se movendo ao lado da vela.

— Na hora eu fiquei estático, quase morri de susto. Tão logo despertei, corri em busca da saída. E assim que pus o pé pra fora, a vela queimou inteirinha num segundo, vruuu, e a cruz sumiu no breu. É sempre isso, igualzinho com todo mundo.

O pai não acreditava em tudo o que o homem falava, não era possível, mas aquela história impressionou ao menos a mim e ao irmão. Tivemos dificuldade para dormir aquela noite, como acontece quando a gente vê um filme de terror.

Ao abrir a porta para se despedir do novo amigo, o pai bobeou e a Pitu, aproveitando a deixa, esticou para dentro. Agora que a porta da sala dava para uma garagem coberta, onde ela passara a morar, a esperta sem demora pegou esse hábito.

Nunca era fácil colocá-la pra fora. Pegá-la no colo deu certo poucas vezes. Com o tempo se pôs a correr da gente em volta da mesa da cozinha; se insistíssemos virava um gato e rato sem fim.

Na hora das refeições bastava jogar um pedaço de carne na garagem que ela ia correndo atrás. Era a conta de fechar a porta. Mas quando não estávamos comendo, tínhamos que arrumar alguma coisa pra jogar.

No início, um pedaço de pão funcionava, ou uma bolacha de água e sal. Daí a gente inventou outro método: fingia que pegava alguma coisa e simulava o arremesso. Nas primeiras vezes, ela caiu direitinho, saía em busca da comida e a gente fechava a porta correndo. Era engraçado!

Então ela percebeu o truque e nos deu o troco em dobro. A gente, vendo que ela não caía mais, voltou a jogar um pedaço de pão de verdade. Mas ela agora fingia que não estava vendo o pão lá no meio da garagem e ficava parada esperando que jogássemos outro pedaço.

E depois sua artimanha aumentou: pão e bolacha não interessavam mais, podíamos jogar o saco de pão inteiro na garagem que ela nem tchum. Ficava ali parada nos olhando, à espera de um presunto, um queijo ou outra guloseima — e sempre atenta para escapar ao nosso bote.

Quem proibiu a Pitu de ficar dentro de casa foi a mãe, que cultivava a limpeza com esmero. E a Pitu sabia disso! Quando teve oportunidade se vingou, entrando em casa sem que percebêssemos, indo até o quarto dos nossos pais e urinando debaixo da cama, bem do lado da mãe.

Era uma briga declarada por território!

Se para a Pitu era fácil entrar em casa, para mim e o irmão era fácil sair. Agora não tínhamos que descer escada nem subir a rua para brincar. Bastava abrir a porta da sala; ao cruzar a garagem, já víamos a turma por ali.

A frente de casa era um chão de terra sem muros, lugar que acabou se tornando o campinho das maiores disputas de bolinha de gude e pião. Na garagem cimentada, a gente batia figurinha e se escondia da chuva. E a rua passava plana ali em frente, convidando a molecada para o futebol, a cela, o roda-na-cabaça, a mamãe-da-rua...

E a Pitu ficava em volta, nos assistindo brincar na sua posição de esfinge. Se fôssemos mais longe ela vinha deitar mais perto. Já tinha farejado tudo por ali.

Se na outra casa ela se achava dona do quintal, nesta ela se julgava dona da própria rua.

Perseguia os carros, latindo sem parar. Moto então a deixava doida. Ela corria lado a lado com o motoqueiro, tentando morder o seu calcanhar, ou a roda. Pessoas a pé, só as conhecidas passavam em frente de casa. As demais tinham que atravessar a rua, ligeiras e atentas.

Se a gente danasse, a Pitu entendia que estava exagerando e ia deitar novamente, concedendo a passagem ao transeunte.

Uma vez mudou para o fim da rua uma velhinha toda emperiquitada, com maquiagem de palhaço e um perfume que grudava no ar assim que ela apontava lá longe. Os olhinhos miúdos por trás dos óculos pareciam estar sempre lacrimejando.

Essa senhora, a Pitu nunca perdoava. Era uma implicância que a gente não entendia. Depois de muito latir, atravessava a rua e ia em direção ao calcanhar da velhinha. Nem a gente se esgoelando a demônia parava.

— Que isso, benzinho? — a senhora tentava acalmar a fera, mas sem sucesso. A Pitu ficava cega. Tínhamos que sair correndo para enxotá-la. Chegou a morder a senhora duas ou três vezes. Uma vergonha!

A Pitu ainda matava um ou outro passarinho. Mas para não ser repreendida, passou a enterrar os corpinhos no quintal. Tudo bem escondido. Ela queria passar um ar de santa, apesar do caso da velhinha.

Mas um dia finalmente o seu instinto de caçadora a denunciou.

A gente estava jogando bete na rua quando um sapo apareceu, pulando desajeitado. A Pitu se atirou como uma flecha e o agarrou no ar com a boca. Todo mundo ficou com nojo. Ela, envergonhada, fugiu de cabeça baixa e foi enterrá-lo no quintal.

Todo valentão um dia encontra o seu, há o dia da caça e o dia do caçador. Pois o dia da caça tinha chegado! A Pitu naturalmente ainda não sabia e por isso continuou no seu propósito de reinar no pedaço com mão de ferro.

Eu, o irmão e uns três ou quatro amigos estávamos deitados debaixo do pessegueiro que tinha no fim da rua, comendo uns pêssegos verdes enquanto o sol forte não baixava. O calor do verão deixava todo mundo morgado. A Pitu vivia com a língua de fora. Não tínhamos ânimo nem para tirar o picão da roupa.

Eu nunca tinha visto! Nem o irmão! De longe, nenhum amigo soube dizer o que era aquilo. Ele veio da mata, rasteiro, meio corcunda, um pelo marrom que terminava num amarelão por cima das costas. E um rabo grande.

— É um gambá?!

— Não, é quati! Eu acho...

A Pitu se voltou para aquela coisa um milésimo de segundo antes da gente, levantou a orelha caída, mexeu os bigodes e saltou como um Aquiles. Inimigo na área! Atacar! E não pensou em mais nada. Nem deu tempo de segurá-la. Gritar também não adiantou.

O bicho se escondeu numa moita e ela pulou atrás, com o pelo ouriçado. Vimos seu voo em câmara lenta. Os segundos se passavam, e nada. A gente só olhando, esperando pra ver. O mato se mexendo. Latidos e, por fim, um ganido agudo. Ganido da Pitu!

Era um porco-espinho o que ela tinha tentado caçar. E se dera mal, muito mal. Os espinhos entraram nas patas, no peito e cobriram tudo ao redor da boca e do focinho. Tinha até alguns perto dos olhos. Eram grandes, amarelos e a ponta parecia a de um anzol de pesca: fácil de entrar mas difícil de sair.

Não sabíamos o que fazer, só pensamos em levá-la para casa. A bichinha gemia no colo do irmão. A mãe ficou espantada de vê-la naquele estado. Com paciência de Jó, ao longo da tarde foi tirando os espinhos um a um e curando as feridas.

Depois que sarou, a Pitu ainda conquistou o prêmio daquela caça frustrada.

Um amigo da rua, caçador de respeito, tinha desenvolvido uma armadilha em forma de caixa e prendido um porco-espinho. No porão de casa, a gente limpou o bicho, temperou e assou na fogueira.

Mas ninguém teve coragem de ir além de um pedaço para experimentar. Carne esquisita! No fim, jogamos toda a carcaça assada para a Pitu, que comeu até os ossos e depois lambeu a boca e o focinho, já sarados.

Não são engraçadas essas voltas que a vida dá? O sapo que tinha escapado da Pitu alguns anos antes acabou pulando na sua boca. O porco-espinho que lhe dera uma lição por fim reapareceu na sua frente, temperado e assado.

— Agora que eu consegui acertar o desarme dessa armadilha, vou fazer uma bem maior — disse o dono da caixa.

— Quero uma do nosso tamanho, até mais alta um pouco, daí a gente vai saber que tipo de bicho tem no mato.

Com isso todo mundo começou a devanear, pensando em tatus, porcos, jaguatiricas, seres outros...

O dia do caçador tinha voltado!

E a Pitu, de barriga cheia, ressonava em cima de um arbusto...

3
Uma visita inesperada

O que nós mais caçávamos e que dava pra comer eram pombas-rola. Sempre com arapuca de taquara. Fácil de fazer, fácil de armar, e só precisava ter um metro de arame de construção e uma faca afiada.

A Pitu com o tempo aprendeu a andar na mata e começou a nos ajudar. Nunca latia lá dentro. Ia na frente, até chegarmos num descampado próximo, onde deixávamos as arapucas. Se ela voltasse até nós agitada era sinal de que tinha gente estranha na trilha.

A gente armava as arapucas antes do almoço ou no comecinho da tarde e voltava no fim do dia para averiguar. Quando trazíamos alguma coisa, o dia acabava em torno da fogueira.

A mãe agora trabalhava fora e chegava tarde em casa. Havia uma lista de coisas a cumprir: vigiar a casa, fazer as refeições, a lição, pôr comida pra Pitu, tomar banho... Tudo na hora certa. Mas só entrávamos para dentro minutos antes dela chegar, fazendo de tudo pra esconder a vida ao léu.

Tínhamos passado a estudar de manhã, com isso as tardes livres galopavam num pedaço da noite. A diversão havia ganhado um ar de mistério. As estrelas surgindo uma a uma, a lua nas suas metamorfoses, o dueto dos grilos e das cigarras, o trissar dos morcegos invisíveis... as corujas com os olhos na nuca nos espiando...

Era como um outro mundo que se sobrepunha ao mundo conhecido, deitando-lhe seu manto de sombras e incertezas.

Os fins de semana ainda guardavam algo daquele tempo do escadão. A mãe nos acordava no sábado para tomar café. Depois podíamos sair para brincar um pouco, mas sempre perto de casa, ao alcance do grito para o almoço. O irmão preferia ficar na TV.

Em muitos desses sábados, em que o sol ardia de estralar mamona, os amigos sumiam. Só um da minha idade persistia por ali, me esperando para jogar bolinha de gude ou bater figurinha.

Tínhamos mapeado o terreno em frente de casa e cavucado cinco bilocas, com variados graus de dificuldade. E jogávamos como viciados, valendo uma bolinha por partida. Mas não precisava ser a que estava em jogo: a miudinha com que os dedos já tinham se acostumado.

Eu tinha um saco de bolinha, que por vezes ia parar quase todo na mão do adversário. Era o fim! E ele tinha outro, que por vezes vinha parar quase todo na minha mão. A melhor das sensações! Mas a oscilação desgraçava.

O vício é o motor do desejo, que assim renasce em quaisquer condições, atormentando o jogador. Se ele está perdendo, quer jogar mais para recuperar; se está ganhando, quer continuar para ganhar mais. O prazer do jogador acaba escravo desse movimento pendular.

Uma de nossas partidas não teve fim. Já era perto do meio-dia, eu estava ganhando uma bolinha atrás da outra. A Pitu vendo tudo. Confiança total na mira, que buscava a bolinha do oponente longe.

Mas eis que um acontecimento alterou a rotina dos sábados.

Um objeto estranho surgiu lá no começo da rua e veio crescendo de tamanho até se revelar de papelão. O mormaço no horizonte deformava a imagem, atrapalhando a identificação.

Um pouco mais perto, percebemos que se tratava de um carrinho de recicláveis, com uma montanha de papelão amarrado e sacos plásticos em volta. Uma pessoa vinha puxando aquela montanha pelo centro da rua, onde o chão de terra era mais regular.

Quem seria o louco de andar debaixo daquele sol a pino, ainda por cima com tudo aquilo?

Quando estacionou ao lado do nosso campinho, notamos que na verdade era mulher, uma senhora miúda, com as costas arqueadas. Era impossível não notar a sua fragilidade. E a desproporção entre ela e o carrinho.

"Como consegue puxar tudo isso?", eu pensei. E mais tarde o amigo me disse ter pensado a mesma coisa. Mas na hora, os dois ali, surpresos, não estavam ouvindo o que ela queria. Um copo d'água. Vai pedir para a dona da casa, e eu fui.

A Pitu deu de latir só quando notou o carrinho ao longe. Com a minha chamada de atenção ela tinha se acalmado e permaneceu deitada o resto do tempo, observando a história se desenrolar.

A mãe apareceu com água fresca, que ela havia tirado da talha, e um copo de alumínio congelado. Serviu a desconhecida duas vezes, quis saber de onde ela vinha e então perguntou:

— A senhora não quer almoçar? Está fresquinho, acabei de fazer!

Mas a velha não queria. Já tinha tomado água da nossa casa, pelo que estava muito agradecida. E se desculpava pela amolação. Que Deus abençoe e te dê em dobro. A cabeça que mirava o chão levantou por um instante.

— Mas a senhora já almoçou? — a mãe insistia, disposta a convencê-la. Não achava certo aquilo. Não se nega o de comer a quem padece na porta da nossa casa. Aprendera assim e não sabia de outro jeito.

Acabou que convenceu a mulher. Ela aceitou um prato de comida. Mas não ia entrar, lavava a mão ali na torneira do padrão de água e luz mesmo. Sentar na mesa da cozinha em hipótese alguma ela aceitou. Não adiantava insistir.

Então a mãe ordenou que eu fosse buscar um sabonete e uma toalha de rosto para a senhora, enquanto ela ia fazer o prato. Depois me chamou lá na cozinha e pediu para eu levar uma cadeira até a garagem.

Mas quando saí com a cadeira a mulher já tinha levantado a frente do carrinho para fazer sombra e preparava um papelão a fim de sentar embaixo do carrinho. Corri até ela e lhe entreguei a cadeira. Hesitou por um momento, mas acabou aceitando.

A mãe então trouxe um prato cheio: arroz, feijão, bife e batata frita, com salada de alface e tomate. Desejou bom apetite e foi para dentro sem me chamar para almoçar. Imaginei que ela não quisesse deixar a senhora de todo sozinha.

Eu e o amigo estávamos sem jeito de continuar o jogo. A hora da refeição exigia respeito. Ficamos por ali, calados, esperando. Ele estava sentado no meio-fio, então me sentei ao seu lado.

A Pitu saiu da sombra e veio se deitar no nosso pé, pedindo carinho. Só então notei que alguns pelos brancos tinham surgido em volta da sua barriga, e um ou outro em torno da boca. Apontei para o amigo ver e ele sorriu.

A Pitu, que já tinha sido mãe, estava ficando velha, pensei. E nenhum filhotinho dela ficara com a gente, eu ainda insistia naquilo. Mas entendia o que a mãe tinha explicado. Criação dá trabalho, a Pitu já estava de bom tamanho.

O amigo esparramou suas bolinhas no meio-fio e começou a guardar uma a uma, contando e observando as mais bonitas. Notei que muitas delas estavam no seu saco. Eu vinha ganhando naquele dia, no entanto só as mais comuns. Precisaria jogar outras partidas.

As bolinhas comuns eram de cor verde. Algumas tinham um risquinho ou uma mancha branca, e com isso valiam mais. Depois vinham as de leite, que apesar de bonitas não tinham graça por não serem transparentes. As azuis eram as mais cobiçadas, tanto as puras quanto as manchadas de branco. Os tons raros as colocavam no topo do desejo...

A senhora disse que tinha terminado, nos despertando. Que eu chamasse a mãe. Entregou o prato, agradeceu e elogiou o tempero. A mãe era cozinheira de mãos abençoadas. A batata frita, a coisa mais gostosa que já tinha comido. Sequinha e crocante!

A dona da casa ficou satisfeita, ofereceu uma fruta e a mulher aceitou uma banana, que comeu ali na hora, devolvendo a casca em seguida. Depois agradeceu de novo, se despediu chamando a mãe de filha e se preparou para levantar a carroça.

Mas antes de partir de vez, parou na minha frente, mexeu num saco que levava preso à cintura e me estendeu a mão, com uma bolinha de gude azul entre os dedos.

Era para o meu filho, mas ele não vai precisar mais, foi o que disse, e pôs a bolinha na palma da minha mão. Como estava sentado no chão, pude ver o seu rosto enrugado sorrindo para mim.

Mais tarde a mãe explicou que a senhora não era tão velha. O sofrimento é que a tinha envelhecido. E aquele trabalho, debaixo de sol e chuva, que mal dava para sobreviver. O tempo maltrata as pessoas de forma diferente.

A bolinha que eu havia ganhado não era nova. Estava bem riscada e tinha um talho que chegava a deformar a esfera. Mas era azul! E de um azul diferente de tudo que a gente já tinha visto. Parecia ter brilho próprio. Nem saberia dar nome àquela cor. Azul.

O amigo pôs os olhos nela e ficou encantado logo de cara. A levantávamos contra o sol e ficávamos admirando até à cegueira, as lágrimas rolando pelo canto do rosto. Ele queria trocar ela comigo:

— Te dou dez bolinhas nela. Não? Você pode escolher... Vinte... última oferta.

Mas eu não aceitei oferta nenhuma. Não estava ligando mais para quantidade. Aquela bolinha era única, e eu queria guardá-la comigo como uma lembrança daquele dia.

Não me conformava que uma mulher pudesse sofrer tanto. Se ela havia tido um filho, onde estava o pai, eu pensava, tentando entender a sua vida com aquele fiapo de informação que pouco revelava.

À noite, já deitado na cama para dormir, levantei a bolinha contra a luz, fechei um dos olhos e fiquei observando com o outro a sua coloração.

Aquela pequena esfera parecia conter o céu, e conforme eu girava a bolinha umas manchas brancas faziam a vez das nuvens. Era hipnotizante. E com o tempo a vista embaçava, tornando tudo mais intenso.

Sem perceber, acabei lá dentro, agitando os braços e voando, como agora era comum em meus sonhos. As escadas tinham ficado para trás. Mas nos sonhos eu nunca voava muitos metros acima do chão.

Estar naquelas alturas me fez sentir a ventania no rosto, o zunido do vento... e eu voava... como um pássaro... livre na prisão da bolinha.

4
Jornada sobre rodas

Conforme vamos crescendo, começamos a perceber que a vida às vezes se repete. Certa manhã de domingo, o irmão voltou da garagem para dentro de casa com a já conhecida notícia:

— Mãe, acho que a Pitu sumiu. Tem uns dois, três dias que ela não aparece.

E a reação da mãe não poderia ser diferente:

— Uma hora ela volta. Deve ter saído por aí.

— Não, mãe, tem dias que ela nem come.

— Ela volta. Vocês não lembram da outra vez?

Mas agora era diferente. Já fazia dias que a Pitu tinha sumido, e nem sinal. Circulamos pelas ruas próximas, passamos em frente à casa do escadão, fomos no poção, na cachoeirinha, nos pontos de armadilha por onde andávamos. E nada.

Quase um mês depois e a Pitu ainda não tinha voltado. Nenhum amigo a tinha visto, informação zero. A mãe acabou tendo a ideia de procurá-la no canil municipal, para onde a carrocinha levava os cachorros sem identificação que apreendia na rua.

— Quem sabe ela não foi pega por engano — o irmão alimentava uma última esperança. Mas eu não punha fé.

Mesmo assim, fui junto.

Era um canil grande, com seis jaulas. Dezenas de cachorros de tudo quanto é tamanho e cor. Alguns parecidos com a Pitu, o que dava uma esperançazinha até vermos a cara. Cansamos de procurar. A Pitu não estava ali.

Tínhamos batido perna à toa. E o fio de esperança que vinha resistindo se partiu.

Tentamos esquecê-la com o passar dos dias. Procurávamos preencher o tempo para não ficar pensando nela. O irmão se enfurnava na TV, eu ia pro porão arrumar alguma coisa para distrair. Mas era difícil. A tristeza incomodava como pedra no sapato, latejando.

A mãe, apesar de tudo, ainda não tinha recolhido as coisas dela da garagem. A gente não entendia por quê. Ver o seu cantinho vazio despertava toda aquela lembrança de novo.

Quando tudo já parecia incontornável, sabe-se lá quantos dias depois, um mês e tanto, a história voltou a se repetir. A sumida arranhou a porta da sala para avisar que estava ali, querendo comida, banho e carinho.

A euforia foi enorme. A vida renascia em nossa casa, tudo como dantes. O bom cão ao lar tinha voltado e sua família o recebeu com festa. E, como da primeira vez, acabamos contaminados pelo cheiro de carniça que ela desprendia do corpo. Mas não importava.

História repetida puxa história repetida. Com o andar da carruagem, ficamos sabendo que ela estava grávida de novo. Mas dessa vez não conseguiu esconder. Ficou gorda, mole, passou o final da gestação deitada na garagem. Nem latia mais para os carros.

Só não podia gente estranha chegar perto que daí ela rosnava.

O número de filhotinhos é que não foi como da outra vez: agora eram dez. O irmão que contou durante o café da manhã. Ele tinha acordado de madrugada com os gritos da Pitu e havia passado o resto da noite em claro, fazendo o parto.

Três não sobreviveram. Em compensação, os outros sete mamavam desesperadamente e foram crescendo que era uma coisa. Num instantinho ficaram biteludos, e sempre com fome.

A Pitu já não aguentava mais cuidar de tanto filho. Às vezes nem entrava na caixa para amamentá-los. Preferia dormir do lado de fora, para ter um pouco de paz. Seu leite já estava quase seco também. A mãe passou a pôr leite de vaca num pratinho para os filhotes.

O dia em que o irmão e seus amigos saíram cedinho de casa para realizar o que eles vinham chamando de jornada épica pelas montanhas, a Pitu decidiu que já era hora das crias se virarem sozinhas e foi com a turma, abandonando a prole. Quem ficou cuidando dos bichinhos fui eu.

Os amigos do irmão tinham planejado aquela expedição com dias de antecedência. Iriam de bicicleta pela margem da mata, seguindo a estradinha usada pelos homens que levavam animais para pastar.

Passariam pelo poção de cima, pelo matadouro — que era o destino dos cavalos velhos e doentes —, e iriam além, até onde os olhos alcançassem. Só voltariam no final da tarde. O objetivo era descobrir o fim do mundo.

Para isso, prepararam as bicicletas, ajuntaram ferramentas para o conserto dos pneus, que acabavam furando nos trajetos pedregosos, prepararam facões, estilingues, lanternas e outras coisas que poderiam ser úteis, dividiram o peso entre as mochilas e partiram bem cedo.

Eu, como era mais novo, e como dividia uma mesma bicicleta com o irmão, não pude ir. Levantei cedo para vê-los partir, e depois tentei passar o dia brincando com os filhotes da Pitu até o regresso da turma.

Tirava os bichinhos da caixa e os soltava pela garagem. Alguns eram pretinhos como a Pitu. Parecia que eu a estava revendo no banheiro da casa do escadão. Tive vontade de voltar àquela época. Muita vontade! Estava começando a sentir o enraizamento da saudade.

Eu brincava de empilhar um cachorrinho por cima do outro e ia construindo uma montanha, depois ficava vendo como eles se viravam para sair do bolo. Tentava alinhá-los para fazer uma corrida até o prato de leite, mas poucos viam o prato lá longe.

A Pitu com essa idade era mais esperta do que todos os seus filhos juntos.

O irmão voltou bem tarde. A mãe já tinha chegado do serviço e ralhou.

— Isso são horas, menino? Por onde você andou que está todo sujo? Já pro banheiro tomar banho! Depois a gente conversa! Põe essa roupa tudo no cesto! Não vai me levar imundície pro quarto, hein?!

Mas quem queria conversar com o irmão era eu. Estava doido para saber como tinha sido, o que encontraram pelo caminho, se o mundo tinha mesmo fim. E o irmão ficava enrolando: "Nem te conto!", e não contava mesmo.

Só depois do banho e da janta é que ele se propôs a falar.

— Cada coisa, você tinha que ver! Você tinha que ver! — mas ele não me mostrava logo de uma vez. — Você tinha que ver! Nem te conto!

Enfim parou de brincar, armou uma expressão séria e fez que ia começar.

— Desde o início — exigi.

— Cedinho, a entrada da floresta é sinistra! A neblina cobre tudo, você não enxerga um palmo à frente do nariz. É frio demais, os galhos estão todos pingando orvalho. Quando a gente fala, sai fumaça da boca...

Mas logo o sol nasceu e o dia clareou. E eles ainda se encontravam em área conhecida. O único sacrifício por enquanto era subir as montanhas empurrando as bicicletas. Na descida eles iam montados e ganhavam tempo.

Assim que adentraram a zona desconhecida, encontraram vários pés de gabiroba, então resolveram parar para o almoço. A manhã já tinha ficado para trás.

A Pitu não passou fome, gostava de gabiroba. Além de moscas, gafanhotos e qualquer outra coisa que cruzasse a sua frente. Uma vez tentou comer até uma abelha e levou uma ferroada na língua. Sofreu algumas horas a danada.

— Quando fui buscar água pra gente beber, sabe o que eu encontrei no caminho? Nem te conto!... Um pé gigante de amora silvestre, da verde. Todo mundo comeu até falar chega, e ainda levamos.

Dali em diante, o irmão disse que redobraram a atenção, para não se perderem, e para evitar qualquer imprevisto. Não sabiam que bichos andavam por ali. Nem se estavam em terra que tinha dono. Armadilhas, cães de guarda, formigueiros, caixas de marimbondo — qualquer incidente poderia pôr fim à expedição.

— A gente cruzou a linha do trem, sabia? Foi um dos obstáculos mais difíceis. A linha passa num vale uns cinco metros abaixo da gente e só tem uma ponte estreita para atravessar. Aquilo nem é ponte, na verdade. É um dormente que estenderam até o outro lado, uns três metros adiante.

O jeito mais fácil e rápido de cruzar a linha do trem era em cima da bicicleta. Um a um, eles vinham embalados e tinham que se equilibrar no dormente, pedalando rápido. Quem tentou em pé, com a magrela nas costas, demorou muito mais.

— Dois perderam o equilíbrio e tiveram que sentar para terminar a travessia, e quase deixaram a bike cair lá embaixo.

— E a Pitu?

— Vige, nem te conto! A Pitu deitou e ficou só vendo a gente sofrer. Foi a última. Passou sem a menor preocupação, parou lá no meio para ver se o trem vinha vindo, deu uma cheiradinha no dormente e nos alcançou do outro lado sem dar a mínima.

Houve outros obstáculos, uns mais tranquilos, outros com o mesmo grau de dificuldade. Atravessar a correnteza de um rio com a bicicleta acima da cabeça também não foi fácil.

— Quando a gente chegou do outro lado, tinha descido uns cinquenta metros. Essa até a Pitu sofreu, foi parar lá embaixo, bem depois da gente. E havia uma placa falando que tinha piranha na água. Mas ninguém sentiu nada.

— E o que vocês encontraram no final?

— Calma, ainda tem muito chão. — Agora era o irmão que segurava o cabresto da história, se deleitando. Os olhos iam longe, revivendo aquela aventura. A cara de satisfação dava forma ao seu buraquinho no queixo.

Subiram e desceram outras montanhas até depararem com uma imensa, que parecia não ter fim, a ponta lá em cima ferindo o céu. Decidiram que seria a última. Chegariam até o topo daquela e voltariam. Já era tarde e estavam cansados.

Amarraram as bicicletas numa árvore, esconderam por ali as coisas mais pesadas da mochila e olharam para cima. Tinham trazido o coração para o combate, e agora ele pulsava forte no peito de cada herói.

Quem sempre chegava no alto primeiro era a Pitu. Olhava para um lado e para o outro em busca de perigo, se não encontrasse nada, saía farejando, distraída. Do contrário descia alguns metros na direção da turma.

Vencido o gigante, conquistaram o que buscavam. Era o ponto mais alto de toda a redondeza. As outras montanhas pareciam pedregulhos lá do alto, numa cadeia que se perdia ao longe.

— Você nem imagina o que encontramos lá em cima. Uma pedra branca enorme, dividida com uma faixa amarela, e uma placa informando o fim do estado e o começo do outro. Chegamos no fim do estado, no fim! Dá pra acreditar?

Eu ouvia aquilo com espanto. Nunca imaginei que se pudesse ir tão longe a pé, ou mesmo de bicicleta. Eles tinham chegado no topo, no limite do nosso mundo com o outro. Era satisfação o que o rosto do irmão expressava.

— Alguns amigos foram para o lado de lá e outros ficaram do lado de cá. Então começamos a conversar de um estado para o outro. Mas a ventania não deixava ouvir direito. Os gritos iam longe e voltavam nervosos com o eco. A coisa mais louca!

O irmão agora falava calmamente, anestesiado. Por fim bateu no peito, como fazem os vitoriosos, e disse:

— Eu estive lá! Ninguém me contou! Eu vi!

Senti orgulho de ter um irmão que havia participado da grande jornada. Com o tempo eu ficaria sabendo de muitas outras histórias para contar para os meus amigos, que pela idade também não tinham participado daquele dia memorável.

E a Pitu também esteve lá, pensei com satisfação. Eu a imaginava posando para a posteridade, sentada com o focinho para o alto, no cume da última montanha do estado, olhando para o fim do mundo. Pitu, a desbravadora!

— E vocês viram o mar lá longe? — perguntei, já desorientado em meio à emoção.

Não soube ao certo qual a resposta, mas, querendo um sim, foi o que ouvi, e a imaginação se precipitou no horizonte que o irmão tinha conquistado com o olhar.

5
Uma fogueira na noite

A vida é como uma fogueira na noite. Seu encanto surge de repente, sem que se perceba, e transmuta-se sob as mil faces das labaredas, suscetíveis aos olhares e aos ventos. E quando o espetáculo termina, restam as brasas, lembranças do que foi. E depois vêm as cinzas, mas dizem que das cinzas se pode renascer.

Eu me encontrava nessa altura da vida procurando lenha para alimentar a fogueira que passamos a cultivar no começo das noites de inverno.

Quando chegava da escola, na hora do almoço, a casa estava vazia. Só a Pitu ficava deitada ali na garagem, vigiando.

A mãe agora voltava pra casa em torno das onze. O irmão trabalhava de tarde e estudava à noite. Então quando eu chegava, o mundo se punha a meu dispor. Eu era o rei! E a Pitu a rainha.

Assim que eu apontava no começo da rua, ela já vinha abanando o rabo. Sabia correr rebolando e chorando de alegria ao mesmo tempo. Todo reencontro era uma festa. Tinha que tomar cuidado para não sujar o uniforme.

— Para, Pitu, chega. Já deu. Pitu!

A Pituzinha nunca ia longe com a casa vazia. Era cão de guarda também!

Um domingo que todo mundo saiu e esqueceu a porta da sala escancarada, a esfinge ficou ali o tempo todo, e ninguém conseguia se aproximar. Assim nos disse a vizinha quando chegamos. Ela tinha tentado alcançar a porta para encostá-la, sem sucesso.

Antes de mais nada, eu gostava de almoçar, vendo o desenho do Pica-Pau na sala, com o prato na mão. Depois punha comida pra Pitu, e só então tirava o uniforme e ia fazer a lição. Com sorte até as três da tarde liquidava tudo. Então fechava a casa, e rua, com a chave pendurada no pescoço.

Mas na rua nem sempre estava brincando. Eu estudava também. No porão de casa, junto com dois amigos, resolvemos construir um laboratório com as madeiras que haviam sobrado depois da construção da nossa casa.

Escolhemos um canto de três metros por três, levantamos as paredes, construímos prateleiras e mesa para as experiências. Tinha porta também, com tranca secreta e tudo, porque temíamos a invasão de outras turmas.

Ajuntamos frascos de vidro, pinças, colheres, sal, açúcar, bicarbonato de sódio, vinagre... Construímos uma balança com agulha de tricô, um periscópio de cartolina e um gerador de energia manual com a engrenagem de uma bicicleta velha.

Um dos amigos trouxe um aquário, onde criamos um minilagarto, menor que uma lagartixa. Não na água, claro. Tentamos reproduzir o seu habitat: chão de terra úmida, mato, pedra e um laguinho. Mesmo assim ele viveu pouco tempo.

O Einstein morava nas prateleiras, nos observando com seus olhos vermelhos. Nunca descia no chão, talvez com medo da Pitu. Porque a Pitu estava presente em toda reunião. Às vezes pulava em cima da mesa e deitava num canto, para acompanhar de perto as experiências.

Uma das atrações eram os ossos de animais. Tínhamos muitos, todos desencontrados. Tentar montar um esqueleto era um jogo divertido. Havia crânio de cachorro, de gato e, o destaque do laboratório, um de cavalo. Era enorme, mas faltavam alguns dentes, que tentamos substituir por próteses de argila.

As lições da aula de ciências eu fazia nesse laboratório do porão de casa. Às vezes vinham dois amigos da escola para os trabalhos em grupo. Um dia, um deles trouxe uma rã viva que tinha sido congelada no freezer da sua própria casa.

— Você é louco, ponês! — disse o outro amigo quando soube o que tinha na caixa de isopor ali em cima da mesa.

— É o Frank!

O autor da façanha propôs descongelar a rã e tentar trazê-la de volta à vida, com pequenos choques que daríamos no peito dela. Para isso tinha trazido uma bateria de carro.

O pequeno anfíbio se mexeu algumas vezes. As pernas esticavam e encolhiam. Chegamos a acreditar. Mas não, a rã não tinha aguentado virar picolé.

Esse mesmo amigo jurava que seria capaz de hipnotizar a Pitu. Então passamos a essa experiência. Ele ficou muito tempo emitindo um zunido com a boca e balançando uma ruela amarrada num barbante na frente da Pitu. Já cansado de esperar, corri em casa e peguei uma fatia de presunto.

— Olha, vou mostrar como se hipnotiza a Pitu — e aproximei do nariz dela o presunto escondido na mão fechada. Ela rápido entendeu o que era. Daí passei a mexer a mão para um lado e para o outro, e a Pitu acompanhava com a cabeça, eu levantava a mão, descia, e ela acompanhando, hipnotizada.

Grande cientista, eu! Todos riram depois da descoberta.

Ao cair da tarde começavam os preparativos para acender a fogueira. Encontrava meus amigos da rua depois do café da tarde e saíamos em busca de restos de madeira de construção, galhos secos e papel.

Largávamos tudo num terreno de esquina no começo da rua, no lugar de costume. Fazíamos a fogueira sempre no mesmo ponto, aproveitando o carvão que sobrava dos dias anteriores, em meio às cinzas.

O papel e os galhos secos serviam apenas no início, para dar vida ao fogo. Nossa fogueira era só de madeira, para não fazer muita fumaça. Com isso durava a noite toda. Às vezes de manhã, indo pra escola, eu passava por lá e via as brasas ainda vivas.

O hábito nos deu assento cativo em volta do fogo. Cada um tinha seu lugar no chão: uma pedra anatômica, ou um pedaço de madeira, ou uma lata. Os que apareciam de vez em quando sentavam numa das madeiras que ainda não tinham ido para o fogo.

Embora as chamas adentrassem a noite, eu sempre ia embora antes das onze, para a mãe não me pegar na rua quando chegasse. Alguns amigos ficavam até mais tarde e no outro dia tinham novidades da madrugada para contar.

Quando ia chegando a hora, eu ficava de olho no alto da rua ao lado, de onde vinha o ônibus em que a mãe voltava pra casa. Ao escutar o barulho do motor ou ver a condução descendo o morro, eu saía correndo, entrava pra dentro e já ia direto pro chuveiro.

Nunca soube se a mãe desconfiava que eu tinha passado o dia na rua. Ao menos ela nunca disse nada. Só estou atrasado para tomar banho, pensava comigo debaixo do chuveiro. A casa fechada, a lição pronta. Tudo em ordem.

Os filhos têm mania de achar que enganam a mãe. Mas enquanto estamos pensando em ir colher algumas espigas de milho, a mãe já está voltando com o bolo de fubá assado, chamando para o café.

Com o tempo, a nossa fogueira noturna ficou conhecida e ora ou outra aparecia um adulto para se aquecer um pouco. Em geral, pai de algum amigo que vinha buscá-lo.

Um deles nos contava histórias de terror, só para pôr medo na gente. A espinha gelava, mesmo diante do fogo. E depois, pra dormir...

Assim que chegava na roda, esfregando as mãos, o indesejado já soltava um mote que envenenava nossos ouvidos:

— E aquela dos quatro fantasmas acorrentados pelos pés que jogam truco numa mesa suspensa no ar, vocês conhecem?

Um dos adultos passou a vir com frequência e logo se tornou nosso companheiro de roda, apesar de se manter reservado. Era um senhor de barba comprida, unhas longas e chinelo de couro.

Não era pai de nenhum dos nossos amigos, nem vizinho. Ninguém nunca o tinha visto antes, não sabíamos de onde vinha e nem pra onde ia quando se levantava e virava as costas, sem se despedir.

E aparecia num piscar de olhos. Quando notávamos, já estava sentado ali em volta. O pai de um amigo disse certa vez: "O barba é eremita!". Para nós, que não sabíamos o que isso significava, o mistério ia se avolumando.

Nunca falava de si nem perguntava nada sobre a gente. Ao se fazer presente, soltava o já conhecido "com a vossa licença", e ia jogando umas batatas-doces na brasa. A Pitu gostava de batata-doce e já ficava de olho.

Em silêncio, o homem administrava a comida com um espeto, puxando as brasas pra sua sardinha, até que recolhia as batatas já assadas e oferecia a quem quisesse. A Pitu também ganhava, e passava bem.

Sossegada a fome, o rosto satisfeito reluzindo o vermelho do fogo, o velho desconhecido passava a nos contar histórias antes de sumir na noite. E contava com prazer.

A sua voz do nada ganhava viço e entonação. E vinham lendas e parlendas, adivinhas, casos de gigantes e de gênios... Sempre nos prendíamos na sua fabulação de sabor exótico, nunca antes experimentado por nenhum de nós.

Não tinha como não ouvi-lo com atenção. A Pitu, que antes cochilava com a barriga virada para o fogo, permanecia sentada para ouvir o eremita, lambendo os bigodes depois da refeição. As duas orelhas em pé, os olhos brilhando qual duas chamas idênticas.

E aquela história-puxa-história ia nos puxando pra dentro da noite como um buraco negro. Algumas nunca que chegavam ao fim, abriam uma porta para outra história, que abria outra porta e mais outra, e eram caminhos que se bifurcavam a torto e a direito.

Com isso eu quase sempre perdia o fim da história principal da noite — a mais longa —, que terminava de ser contada já bem tarde. Era uma lástima, todo santo dia.

Se o ônibus das onze apontasse lá no alto, pronto, era o fim. Eu disparava na correria, já tirando a chave do pescoço, e tudo o que eu podia fazer era largar um grito no colo do amigo mais próximo:

— Amanhã quero saber como termina.

Os amigos contavam, mas não era a mesma coisa.

— Num tempo longínquo, fugidio ao nosso alcance, em terra do Oriente que nem cavalgando a vida toda se alcançaria, houve certo mercador que teve sapiência para fazer fortuna como ninguém...

Era lançada a semente, cujo fruto eu almejava, e esta noite estava disposto a colher, independente do que acontecesse. Correria o dobro da velocidade se fosse preciso. Mandaria a Pitu na frente para ir abrindo a porta...

Esse mercador tinha mulher, filhos, uma fazenda com lavoura e muitos bichos. A vida lhe sorrira, nada lhe faltava. Não bastasse tudo isso, tinha ainda um pendor: sabia ouvir os animais, possuía o dom das línguas.

Mas este era um segredo nunca compartilhado com ninguém, nem com a própria esposa, pois ele tinha medo de ser hostilizado se descobrissem este seu algo de anormal.

Certo dia se afastou da família, que esperava o pôr do sol na varanda da fazenda, para se aliviar numa moita. Com isso se aproximou sem querer de um burro e de um boi que sempre estavam lado a lado, e acabou ouvindo uma conversa:

— Meus parabéns, caro burro, que do nome não tens nada. No fundo tu és é esperto. Vives à larga, com escovação, cevada e água fresca. Ao passo que eu vivo morrendo na lavoura, puxando arado, e ainda levo no cangote. No fim do dia, durmo num chiqueiro para completar a sina.

O burro ficou observando, depois de encerrado o discurso do boi, disse:

— Não seja tolo. O senhor é que se faz de burro, fica aí obedecendo a toda ordem, se mostrando forte e vencendo qualquer jornada a troco de algum feno úmido. Faça assim: se ponha doente, não coma nem trabalhe, e te darão a vida que almeja.

O boi assim fez, e foi bem-sucedido. O mercador começou a ter prejuízo com o preguiçoso. Mas, como tinha ouvido toda a conversa, não teve dúvida, transferiu para o burro a tarefa do boi, como forma de reparo.

O burro então notou que falara demais, tinha arranjado pra cabeça. Precisava convencer o boi a voltar para o trabalho o quanto antes, pois já estava exausto ao fim do primeiro dia. E começou a bolar um plano que...

Nesse instante, o ônibus apontou lá no alto do morro. Segurei ao máximo, esperando o final da história. Mas o burro pensava devagar, como os sábios...

Disparei na corrida no último instante, já desesperado. O ônibus tinha feito a curva e vinha entrando na minha rua. Nem vi onde estava a Pitu a essas horas. Corri feito um condenado que enxerga a saída... A língua pendurada...

Mas antes de chegar na frente de casa, a cerração veio descendo da floresta, agressiva naquela noite de gelo. Meus passos de repente entraram em câmara lenta, contra a minha vontade, como se eu tivesse pesos amarrados nas canelas.

E a neblina atirada pelo vento foi me abraçando... entrando nos meus olhos...

Apesar de já ter corrido mais do que de costume, minha casa não chegava. Não estava reconhecendo nenhum ponto de referência. Continuei um pouco mais, na esperança de ver a floresta e me localizar. Mas a floresta também não chegava.

Era só neblina e mais neblina por todo lado.

Eu estava perdido! E sem a Pitu!

6
Por trás da neblina

Quando me dei conta já não sentia mais frio. A cerração baixou e assim pude lançar a vista ao longe. Não havia mais montanhas nem casas nem floresta. Nada! Olhei para trás, para os lados. Tudo areia.

Onde estou? O que estou fazendo aqui? Parece um deserto. Estou no meio do deserto. A quanto tempo estou caminhando? Tenho sede. E dor nas pernas. Lembro de ter passado por um avião quebrado. E... sim, a Pitu!

— Pitu! pituuu!... pituuu!... Pitu! pituuu!... pituuu!... Pitu! pituuu!... pituuu!... — gritei em busca de algo que me era muito importante — eu farejava —, mas o eco me distraiu e quando dei por mim já não sabia mais o que significava aquela palavra.

Uma gota de suor escorreu para dentro do meu olho, queimando-o de forma inesperada. Lacrimejava, embaçando a vista. Mesmo assim continuei a caminhada sob o sol, de forma automática, sem conseguir pensar em nada. A mente era um papel em branco.

Nossa! Estou vendo alguma coisa! Não pode ser miragem. Embora ainda esteja longe para saber. Preciso seguir em linha reta até lá. Mas o cansaço é grande. Meus olhos estão fechando. As pernas bambas vão me jogar na areia a qualquer momento... eu...

Não! Preciso continuar!

Nem sei de onde tirei forças, mas fui me aproximando e acabou que distingui o objeto ainda ao longe: era uma porta. Uma porta erguida no meio do deserto. Nada além de uma porta.

É o que eu preciso! De uma porta! Passo por ela e saio desta frigideira. Antes que o sol se levante. Antes que a areia me abrace. Tenho que conseguir. Só mais um pouco. Estou quase lá. A porta está ficando maior. Devo estar chegando.

Quando finalmente alcancei o objetivo, não conseguia nem levantar a cabeça. Cheguei, mas não aguento mais nada... O corpo desmoronou de cansaço e fiquei por ali. Não sei por quanto tempo, nem se adormeci ou desmaiei.

— Muito prazer, garoto. A mim chamam Tupi. Mas podes chamar-me Tupi mesmo. Às tuas ordens! — foi o que ouvi logo ao despertar. Estava cuspindo a areia que entrara na boca, nem tinha me dado conta dos arredores.

Nossa, é um dobermann lá em cima do pedestal. E ele está falando comigo, é isso? Que porta é aquela ao seu lado? Estou no mundo dos gigantes? Não é possível! Fala alguma coisa! Levanta dessa areia! Ele está esperando!

Fiquei mais um instante observando aquele cachorro, sem me mexer. Era enorme, sentado naquelas alturas com o peito estufado. Só dele pular lá de cima já poderia me esmagar. E tinha aquela porta descomunal ao lado. Eu não estava entendendo nada.

— O que desejas, grande pequeno menino? — ele falava sem olhar para baixo. Parecia uma estátua reproduzindo uma gravação. Mesmo assim punha medo. Um medo diferente, que a gente não controla e não conhece.

Me posicionei na sua frente e afastei um pouco o corpo para fazer com que seus olhos me vissem.

— Eu?... É... eu desejo... passar pela porta!

Ele demorou um pouco antes de reagir:

— Jovem criança... Mira: o sol nem é zênite! Não podes querer o que queres. A mira rima e a rima mira.

Não entendi nadica do que ele queria dizer com aquilo. Eu só desejava sair dali, e passar por aquela porta parecia ser a solução mais fácil e rápida. Então me concentrava apenas nisso.

— Eu preciso passar, porque estou perdido. Nem sei quem sou eu!

Nova pausa, um pouco mais demorada. Tupi se mexia minimamente, mas se mexia, não era uma estátua. As orelhas eram pontudas e levantadas como uma seta. E o rabo, fino e longo, espetava o ar.

— Conhece-te primeiro e volta quando for a hora. Esta porta estará aberta quando voltares. Hoje naturalmente está fechada!

— Não! — gritei, entrando em desespero. — Preciso sair daqui agora!

— Esta porta é de entrada, não de saída! Tu, caríssimo, estás perdido. Esta porta foi construída para ti, mas não é para agora. Não sejas tolo de esperar o que não se alcança esperando.

— Não! Eu imploro! Por favor, por favor!

Silêncio mais demorado.

— Não trouxeste a chave, digníssimo, como queres abrir a porta? — Seu tom de voz agora demonstrava questão encerrada.

A pergunta me fez olhar para a porta, procurando o buraco da chave. A fechadura era mais alta do que eu podia alcançar. Do que adianta ter uma chave?, pensei, com raiva daquele cachorro arrogante.

O que eu faço agora? Nem que quisesse conseguiria abrir esta porta e entrar correndo. E se não entrar, o que eu faço? Este deserto vai torrar o que resta do meu cérebro. O que eu faço? Pensa, cabeça!

— Pequenino jovem, recomendo que partas. Se no entanto insistires em entrar, propor-te-ei um enigma. Caso o desvendes, poderás dar um passo e vislumbrar a luz que o outro lado te reserva.

Eu estava gostando da ideia.

— Entretanto, caso não consigas desvendar o enigma, terás de partir.

— Quero o enigma! — disse de pronto. Era minha chance de entender alguma coisa. E eu sabia, pelas histórias que já tinha ouvido, que no último instante, quando tudo parece já perdido, o aventureiro consegue se salvar. É comum isso acontecer, pensei com meus botões.

Então Tupi, o dobermann gigante, trovejou lá do alto o enigma que poderia ser a origem da minha salvação:

— Qual é o nome do rei que nunca reina mas também nunca morre?

Nossa! Pera! Rei que não morre? E também não reina? Se alguém é rei é porque reina. Mas o que sei eu de rei? Nunca vi um rei de verdade. Não! Não pode! O Tupi vai ter que propor outra charada. Essa não valeu!

Mas o cão se fechou qual um oráculo que conclui o seu recado, e não teve jeito. Estava acabado, não podia me aproximar daquela porta. Eu que tentasse, a ameaça tinha ficado no ar.

Inconformado, olhei para o lado e notei um jardim todo florido a poucos metros. Minhas pernas me conduziram até lá sem que eu quisesse. Sentei num banco que havia no meio dos arbustos e esperei, contemplando as flores.

Se resumirá nisto a vida: um enigma inacessível no meio do deserto? Não! Algo vai acontecer a qualquer momento. Eu pressinto. Pelo menos aqui está mais fresco. E tem onde sentar. Eu queria um copo d'água. Uma pomba-rola assada.

— Miaauuu... Miaauuu... Miaauuu...

Sim, era um gato que se aproximava. Ao menos não é grande como o Tupi, pensei, observando-o caminhar. Vinha por cima de uma mureta passando o rabo de propósito nas dormideiras, que iam dando adeus e se fechando, contrariadas.

— Oh, não saberemos nada sobre o pequeno visitante...

Assim que se achou por ali, o gato deu uma volta em torno do próprio corpo e deitou em cima de umas florzinhas delicadas, esmagando-as. Vagarosamente moveu a cabeça na minha direção e simulou um riso debochado, revelando uma bocarra de mil dentes.

Apesar de esquisito, ele parece engraçado. Acho que terei mais sorte com esse gato do que com o Tupi, aquela múmia que não ajudou em nada. Eu nunca tive gatos, só cachorros... A Pitu... sim... a Pitu é uma cachorra que eu tenho... ou que eu já tive?

— Olá-áá. Gato Angorá-áá.

— O quê?

— Me chamo Gato Angorá. Bem-vindo ao meu reino. Sentei nas onze-horas porque são onze horas — e destrambelhou a rir, revelando mais dentes, todos pontiagudos.

As dúvidas eram pererecas e foram saltando, todas ao mesmo tempo, e eu fiquei tentando articular as primeiras palavras. Só observava aquele gato esquisito, sem conseguir formular nenhuma das perguntas que iam pipocando.

— Você deve estar achando estranho um gato se chamar Gato. Não é?

— Na verdade estava pensando no sobrenome. Você com certeza não é um angorá. Sem querer ofender! Por que se chama Gato Angorá?

— Isso você poderia perguntar para o meu dono... se ele soubesse falar — e caiu na gargalhada de novo, expondo, com o corpo dobrado ao meio, uma barriga saliente.

— Para que essa boca tão grande?

— Para poder rir mais e melhor — e emendou um riso de chorar, dessa vez. Fiquei esperando, sem graça, para retomar a conversa.

Preciso ir direto ao ponto com esse gato. Antes que seja tarde. Tenho que sair daqui. Ele poderá ao menos me levar para sua casa, onde ganhou essa barriga. Eu comeria até um peixe cru agora, de tanta fome. Quem não tem cão, caça com gato!

— Pode me dizer, por favor, como faço para ir embora daqui?

— Uai! É só passar por aquela porta — estava respirando fundo para tentar parar de rir, mas essa pergunta — ou sua própria resposta? — atrapalhou sua concentração.

Tentei olhar para a porta vigiada pelo Tupi, mas não tinha domínio dos meus movimentos. Não conseguia virar a cabeça nem o corpo para trás. Aquela possibilidade de fuga tinha evaporado.

— Bem que eu queria — disse, desanimado.

Mais contido, o Gato afirmou, na lata:

— Era para você ter atravessado aquela porta.

— Por quê? — indaguei, surpreso.

— E por que não? — respondeu ele, sem entusiasmo, palitando os dentes.

— Mas como? Me diga!

— Você gosta mais de comer arroz ou de andar de bicicleta? — respondeu perguntando, como quem diz a coisa mais óbvia na cara de um idiota. — Fai fei não, fiio!

Daí não aguentei mais, chutei o balde:

— Você parece um gato louco, daqueles que comeram chumbinho e ficam se retorcendo com a boca gosmenta.

— Neste mundo só não é louco o louco que acha que não é louco, porque o resto é tudo louco, o louco que se acha louco e o louco que não se acha louco — e voltou a dar gargalhadas, se esparramando em novas flores.

Depois disso fiquei chocando um tempo. Estava desanimado, e ao mesmo tempo caminhando para o desespero. Não tinha entendido neca de pitibiribas. Nem acreditava mais que aquele bicho insano pudesse me ajudar de alguma maneira.

— Por que você não dá o pulo do gato? — disse ele, contorcendo-se de tanto rir, e ia esmagando mais e mais florzinhas. Aquilo foi me dando nos nervos. Se eu estivesse com o meu estilingue, aquele gato ia ver. Eu sou caçador, já cacei onça no Sítio.

O Gato se recompôs, como se tivesse lido minha mente e ficado com receio. Passou as patas nos olhos e enfim disse que sabia onde o sabiá assobiava.

— Daqui a pouco a sombra se esconde debaixo dos pés e você sai voando. Por que se porta sempre como um fósforo?

— E por que você sempre fala coisas sem sentido?

— Para dar sentido às coisas sem sentido, oras — e abriu o sorriso.

Então levantou, se espreguiçou, bocejou umas duas ou três vezes e saiu em direção ao lugar de onde tinha vindo. Pulou na mureta e foi importunando as dormideiras de novo. Eu fui atrás, insatisfeito.

Chegando no alto de uma duna, o Gato Angorá parou, olhou fixo nos meus olhos, abriu um sorriso discreto e disse:

— Por que não tem um único dia que você se lembra do que fazer? Olha quem é o louco agora — e me deu um coquinho na cabeça.

Eu só fazia olhar com cara de interrogação. Onde estou? O vento cuspindo areia no meu rosto. O que devo fazer agora? O escadão! É isso!? Eu sei voar? É disso que o senhor Angorá está falando!?

O Gato então me empurrou duna abaixo e gritou:

— Vai, franguinho, bate as asas. Ha Ha Ha Ha. Zarpa, cueio! Ha Ha Ha Ha. Sai de trás do toco. Ha Ha Ha Ha.

É isso! Tenho que empurrar o ar para trás com os braços, sem parar. Cansa. Mas controlando a mente sei que dá.

Então tomei coragem e peguei embalo empurrando o pé contra o chão. E assim comecei a subir.

Eu voo! Já voei de mãos dadas com a Pitu: minha cachorra, minha amiga.

7
Uma aventura na selva (1)

Já fazia mais de um mês que eu vinha tentando construir um papagaio latão. Era um tipo ideal para soltar a longas distâncias. Mas a verdade é que eu nunca tinha feito uma pipa de três varetas que prestasse. Ou não debicava pra um dos lados ou não subia em linha reta.

Mas eu continuava tentando. A Pitu era testemunha. Ela chegou a assinar as pipas mais bonitas como se fossem suas, pisando nelas com a pata suja de barro.

Até que um amigo notou minha dificuldade e se propôs a fazer um comigo, me ajudando a corrigir os erros. Saiu um papagaio lindo, grande, resistente, o corte e a colagem perfeitos.

Era sábado cedo, e os sábados agora eram dias intensos. A turma do meu irmão, que não aparecia mais na rua durante a semana, se encontrava nesse dia. Vinham cheios de disposição, em busca de alguma novidade que superasse a do sábado anterior.

Planejavam o que fazer de manhã, ali na frente de casa, e depois do almoço partíamos com o plano na cabeça, todos juntos. Vinham amigos de longe, a turma aumentava.

Enquanto os amigos planejavam o que fazer, peguei a linha que eu tinha, juntei com a do irmão, que ele havia me dado, e soltei a pipa até o fim. Imitando o malabarismo das andorinhas, ela foi deslizando no ar. Longe longe.

Eu não conseguia mais vê-la no céu. Deve ter ido parar no limite do estado, como a Pitu, ou além. Via apenas a linha e sua barriga, que causava apreensão quando aumentava. Era sinal de pouco vento. O papagaio pode cair ou a linha enroscar em alguma árvore.

— Vamos mandar um telegrama — propôs alguém.

Prendemos uma fita de rabiola em volta da linha e a conduzimos para cima até onde deu. Depois o telegrama foi subindo por conta... Cada um mentalizou seu recado secreto, que ia desaparecendo ao longe até se perder no azul...

Do nada, outro papagaio apareceu no alto, com a linha solta, tentando alcançar o meu. Era nítido sua intenção de me cortar. Eu tinha cerol, mas não em toda a linha. Só uns dois postes lá no começo. E a pipa estava naquela zona da imaginação que os olhos não alcançam.

— Recolhe, depressa — gritou o pai do papagaio, e tomou a lata da minha mão. — Vai puxando a linha que eu enrolo na lata. Rápido! — Os amigos suspenderam a conversa e se aproximaram para observar.

A Pitu bem que poderia ter buscado a barriga da linha inimiga e tentado abocanhá-la com um de seus pulos. Mas agora, deitada na sombra, ela mais observava do que tudo. Seus olhinhos pretos nos acompanhavam, mas a energia ela aprendera a economizar.

— Vamos! Mais rápido! Vai mudando de lugar pra não ajuntar muita linha no chão — gritou o amigo, preocupado como se o papagaio fosse dele.

Recolher linha assim é sempre um perigo. Quem puxa a linha com a mão pode acabar indo mais rápido do que quem a enrola. Daí fica aquele monte no chão até que embaraça e adeus pedação de linha. E além de tudo se ganha um nó, o calcanhar de aquiles do carretel.

A minha pipa já tinha aparecido, mas era uma formiguinha ao longe. Ainda havia muita linha pra recolher. Os braços querendo cansar. E a outra se aproximando a toda. Ia entrar por baixo da nossa linha. De vez em quando subia para pegar força e tornava a descer, sem peso.

O amigo já havia recolhido toda a linha na lata e chegara até onde eu estava.

— Solta agora que eu recolho até chegar o cerol. Daí eu quero ver se esse gelatina com sabor presta. Vou cortar e aparar.

Soltei, confiante nas suas habilidades. Mas ainda havia muita linha para recolher antes do cerol chegar. Quando a outra pipa nos alcançou por baixo eu já sabia: era o fim. Subiu num voo de águia e partiu nossa linha como um facão parte um cipó.

Mesmo assim tive orgulho de ter um amigo como aquele, que fizera de tudo para me ajudar. Graças a ele, não perdi tanta linha. Mas a pipa latão, que estivera nos confins da Terra, agora voltava para lá, sem o meu cabresto. E levando os nossos segredos.

Doeu a perda. Mas o dia ainda reservava coisas surpreendentes. Logo esqueci esse acontecimento banal de um papagaio que escapa da gaiola.

A velhinha ia passar pela rua, seu perfume anunciava. A Pitu num pulo se fez pronta. Quando notamos, ela já latia no meio da rua. A senhora tentou passar pelo outro lado, de cabeça baixa. Mesmo assim a Pitu foi pra cima, e antes que pudéssemos fazer qualquer coisa, dentes e calcanhar se encontraram.

O irmão enfim segurou a louca, pediu desculpas, ouviu umas reprimendas da velha e voltou com a Pitu no colo. A cara braba da fera não se desmanchava. Entramos para almoçar, sem graça.

— Não conta pra mãe, que ela vai danar.

Tinha chegado o grande dia. Nosso amigo concluíra a armadilha que prometera: um caixote que daria para prender um bicho do tamanho de um homem adulto. E nós iríamos armá-la no meio da floresta depois do almoço.

— Vamos pegar o fantasma da cruzinha — brincou o caçador. Poucos esboçaram um riso forçado, que rápido se desfez.

O caixote era enorme, pesado e difícil de carregar. Por isso tinha muita gente para ajudar, a troco da curiosidade. Todo mundo da nossa rua, gente da rua de cima, da rua de baixo e também os lá da ponte. Os amigos do escadão estavam lá, o que me apresentara à mata, o que pegara o sapo com a mão...

Ajuntou muito caçador habilidoso além do dono do caixote, que morava na minha rua, e que já tinha pegado um casal de tuim no alto do pessegueiro, também só com as mãos.

O plano era levar o caixote primeiro, para nos livrarmos do peso. Depois passaríamos na mata de baixo para armar as arapucas e os visgos, e por fim pararíamos na cachoeirinha para aproveitar o sol, esperando o fim da tarde para conferir as armadilhas.

— Quero ver quem é capaz de dar o mortal que eu dou lá na cachoeirinha. Da segunda pedra.

— Da segunda? Duvido!

— Você vai ver, daí é siga o mestre.

E então partimos. O estilingue no pescoço e os bolsos cheios de pedra, pois chão de floresta só tem folha seca. E um pedaço de pau para afastar o mato e as teias de aranha, porque eu não tinha um facão. Mas tinha um canivete que ganhara do avô. Cinco em um, muito útil.

Entrar com aquela caixa pela trilha estreita da mata da cruzinha não foi fácil. Toda hora tínhamos que cortar galhos ou afastar os mais grossos, amarrando-os com uma corda e puxando. A Pitu enquanto isso avançava na mata para conferir a área.

Largamos a caixa lá no meio, no rumo da clareira do marolo, e sentamos um pouco para descansar. Os que iam armar a caixa observaram as árvores, as trilhas, esticaram os ouvidos, depois reposicionaram a armadilha, ajeitaram a isca e a armaram.

— Agora é só esperar — disse um deles, confiante.

Partimos para a mata de baixo, armamos as outras armadilhas e fomos para a cachoeirinha, sempre falando da caixa, pensando na caixa e no tipo de criatura que poderia estar lá, presa, nos aguardando.

Havia um clima de expectativa e tensão no ar. Poderíamos dar de cara com um felino, ou com um bicho maior do que nós, ou até com um ser desconhecido. Talvez com a criatura que vinha chupando o pescoço das galinhas da vizinhança.

A cachoeirinha, dia de sábado, era só nossa agora. Sempre! Mesmo com o desaparecimento das baianas, a preferência ainda era nadar no poção. Então a cachoeirinha virou território nosso.

Quase sempre!

Porque tem dia que nada sai como planejamos. Hoje o capiroto está solto, a avó costumava resmungar quando enfrentava esses dias. O nosso dia de capiroto tinha começado cedo, com a perda do papagaio latão. E vinha continuando.

Nadávamos na parte de cima da cachoeirinha, que tinha tudo perto: boa queda-d'água, um poço fundo e três trampolins de pedra. Mas a parte de baixo nós não conseguíamos ver dali do alto.

Um amigo resolveu ir bem na ponta da cachoeirinha e urinar, imitando a queda-d'água. Foi ousado, porque era uma pedra alta e estreita. Mas não pensou que pudesse ter gente nadando lá embaixo. E tinha.

Nem com os primeiros tiros percebemos o perigo. O barulho da água estourando nas pedras tapava nossos ouvidos, conversar só gritando. Foi a Pitu quem chegou na beira do poço e começou a latir para nós, desesperada.

O amigo voltou gritando:

— Estão atirando na gente com espingardinha. Me viram mijando lá embaixo. Corre, cambada! Corre!

Ajuntamos as coisas no susto e partimos em direção à floresta sem pensar em mais nada. Como éramos muitos, nos dividimos em dois grupos para conseguir se locomover com mais rapidez e em silêncio dentro do mato.

A nossa turma da rua formou um dos grupos. Entramos pela trilha que ia dar no pé de marolo e nos escondemos para ver se eles iam nos perseguir. Eu estava com as mãos frias e suando ao mesmo tempo. Todo mundo tenso. A boca seca. Isso nunca tinha acontecido.

Logo os estranhos surgiram lá longe e começaram a atirar para dentro da mata, mesmo sem conseguir nos ver. Ou será que estariam mirando o outro grupo? Depois que os últimos alcançaram o alto da cachoeirinha, vieram em nossa direção.

Eram uns sete, bem maiores do que a gente, todos com espingardinha de chumbo. E havia moças também. Conforme foram se aproximando, começamos a ouvir gargalhadas e gritos de guerra. Nunca tínhamos visto nenhum deles.

O pavor apareceu pra gente com sua cara medonha. Só nos restava correr para dentro da floresta, área que conhecíamos bem. Em breve despistaríamos aqueles intrusos, tentávamos nos convencer enquanto íamos tomando a trilha.

Caminhamos por um bom tempo, apertando o passo. De vez em quando parávamos para ver se vinha alguém atrás da gente, mas só ouvíamos a música dos bichos. Mesmo assim voltávamos a caminhar, num silêncio de pedra. O coração batendo na boca.

Quando parecia que já tínhamos andado um bom tanto, sem nunca ter ouvido ninguém atrás da gente, a Pitu surge lá na frente da trilha, toda agitada, querendo latir mas se segurando. Parou na frente da fila e olhou para trás. Tinha alguma coisa lá adiante.

— Rápido, por aqui. Vamos sair da trilha — disse o que puxava a fila.

Entramos na mata fechada com dificuldade, cada um encontrou uma moita para se esconder e ficamos esperando, agachados. Eu abracei a Pitu e senti que seu coração também batia acelerado. Quem afinal vinha pela trilha? Era o que todos se perguntavam.

Logo começamos a ouvir vozes, que foram aumentando até virar uma algazarra. Eram eles, os intrusos vinham ao nosso encontro. Olhamos uns para os outros sem entender nada. Se saímos em linha reta antes deles, como podem estar na frente, e vindo na nossa direção?

A tensão aumentou conforme foram se aproximando. Se nos encontrassem ali, seria o nosso fim. Bastaria algum de nós esmagar uma folha seca para sermos descobertos. Quando apareceram no nosso campo de visão, nem respirar respiramos.

— Vai, gente, vocês já deram um susto neles — consegui ouvir uma voz feminina no meio da falação. — Vamos embora.

— Não! Vamos ensinar esses moleques! — disse um deles, e depois gritou, virando a cara para o nosso lado: — Apareçam. Eu sei que vocês estão aí!

Foi o pior momento! Eu quase molhei as calças. Não mexíamos mais nem a cabeça para trocar um olhar com os mais próximos. Só desejávamos não ser descobertos. A Pitu, sentada entre meus braços, deixou até de abanar as orelhas para espantar os mosquitinhos.

Enfim passaram, rente a nós mas sem nos ver. Foi um dos maiores alívios que eu já tinha experimentado. Depois de muito tempo, saímos do esconderijo, já com as pernas doendo de ficar agachados, e continuamos a adentrar a mata, no sentido contrário ao deles.

Em breve estaríamos na clareira do marolo. E eles já teriam nos esquecido.

Andamos mais ou menos uma hora e nada. Depois daquele susto, e de caminhar tanto, o cansaço começou a dar sinal. E não achávamos água nem nada para comer.

— Estamos perdidos! — alguém finalmente disse o que todos já vinham suspeitando sem admitir.

— Perdidos na nossa própria floresta. Como pode?

O amigo que tinha apanhado aqueles marolos para meu pai se propôs a subir numa árvore para ver o sol lá fora. Assim nos localizaríamos.

Todo mundo lançou um palpite mais ou menos parecido, mas erramos. O sol estava caindo para o lado oposto do que imaginávamos.

Apesar de saber para onde ir, dentro da floresta nem sempre dá para traçar rotas. Somos obrigados a tomar uma das trilhas existentes, mesmo que não siga para o lado exato que queremos. É preciso um pouco de instinto, sobretudo quando os caminhos se bifurcam.

Decidimos qual trilha seguir e partimos, já esquecidos daquelas armas.

Com o tempo começamos a encarar subidas e mais subidas, a trilha se estreitava em alguns pontos, como se ninguém tivesse passado por ali nos últimos tempos. As samambaias selvagens tapavam a visão.

A gente não reconhecia mais nada, nem as árvores, nem os cipós, nem as taquaras. Todo mundo com a respiração ofegante. Até que ouvimos um barulho de água, que soou como um bálsamo.

— Vem de lá, estamos perto agora — era o que eu queria acreditar mais do que tudo.

Mas quando encontramos a fonte de água, nova surpresa. Era um rio que cruzava a mata num vale profundo. Não tinha nem como alcançarmos a correnteza lá embaixo. E a trilha terminava ali. Para passar pro outro lado só pulando.

— Ou pendurado — disse um de nós, apontando para o cipó grosso que estava suspenso lá no meio.

— Mas como pegar ele tão longe?

— Com o chicote — respondeu, mexendo na sua bagagem.

Pegar o cipó até que não foi difícil. Mas quem iria ser o primeiro a tentar a proeza? Se o cipó arrebentasse, ninguém aguentaria uma queda daquelas. Mas voltar pela trilha não era uma opção. Além do mais, estava entardecendo.

Os mais velhos tomaram a dianteira e foram passando um a um. Se o cipó não arrebentasse com eles, não arrebentaria com os menores. No final, só sobraram eu — porque estava com a Pitu — e o amigo que manejava o chicote para retomar o cipó vazio lá no meio.

Tive receio de ser deixado para trás. Mas também não podia abandonar a Pitu. Ela já tinha tentado buscar um caminho alternativo, mas não havia. Só quase no fim é que lembramos dela.

Meu irmão se propôs a voltar para tentar passar com ela, mas o dono do chicote se antecipou:

— Vai, pode passar você primeiro. Depois eu passo com a Pitu no colo. Só leva a minha mochila. — Foi como tirar um peso das costas. Mas eu ainda tinha que passar, e esperar a Pitu.

Enrolei o cipó numa perna, travei com o outro pé, passei as mãos em volta dele e fui de uma vez, sem pensar. Um segundo depois os amigos me pegavam do outro lado.

E em seguida ele veio com a Pitu presa no seu corpo. Quando agarramos os dois, foi um alívio geral, era como se tivéssemos vencido uma batalha. Todos abraçados vibravam, esquecendo por um instante do silêncio, da mata e da noite, que se anunciava com o derradeiro canto dos pássaros.

E nós ainda não tínhamos achado o caminho de casa...

8
Uma aventura na selva (II)

Ainda abraçados, comemorando aquela proeza, ouvimos um grito esganiçado que nos paralisou. Imediatamente cada um procurou uma moita e se escondeu, em silêncio. O irmão ficou com a Pitu.

Por uma nova trilha, onde a nossa desembocava alguns metros adiante, vinha passando alguma coisa de modo sorrateiro. A gente sabia pelo barulho das folhas. O bicho pisava devagar e não tinha nenhuma pressa. Lento como um gato.

Mas não era um gato, e sim a sua parente jaguatirica. Linda, com aquela pele de onça lhe cobrindo as costas, a cauda longa se movendo no alto. Os olhos, dependendo do reflexo, brilhavam como estrelas. O corpo longo deslizando sobre aquelas patas robustas impunha respeito.

Naturalmente não queríamos ser descobertos ali. Ela passava em busca de alguma caça que vinha perseguindo, e não tinha interesse em mudar de plano. Apesar disso, ficamos escondidos e tensos como devem ficar as presas.

— A Pitu deu de querer se soltar — disse o irmão depois. — Se eu não segurasse com força, ela teria ido pra cima da onça.

Passado o susto, todos sabiam para que lado continuar: no sentido contrário ao da jaguatirica. Mais uma vez, a lei da selva era quem traçava o nosso caminho, nos empurrando sabe-se lá para onde. Mas, para quem está perdido, qualquer direção é válida.

A outra turma, quando nos dividimos lá embaixo, subiu pela estrada de terra até onde deu. Quando ouviram novos tiros e notaram que continuavam sendo perseguidos, se lançaram para dentro da floresta e correram.

Por um momento continuaram ouvindo os intrusos. Depois conseguiram despistá-los. Alguns se enfiaram nas moitas, outros treparam em árvores, e esperaram, em silêncio, experimentando a mesma apreensão.

E, como nós, misteriosamente se perderam e foram parar lá no alto, no fim da mata da cruzinha, depois de caminhar a tarde toda.

Quando nossa turma apareceu na clareira do matadouro eles já estavam por ali, descansando. Os que moravam lá para os lados da ponte vinham saindo pela porteira em nossa direção. Lembrei do que o amigo do marolo tinha dito ao meu pai anos atrás, e por um instante aquilo me soou estranho.

O matadouro era onde sacrificavam os animais doentes que não tinham cura. Um cavalo velho que quebrasse a pata, um boi enfeitiçado que mesmo comendo por três não engordava, um potrinho descadeirado — lá todos esses infelizes encontravam seu descanso.

A gente já conhecia aquele lugar e evitava passar por ali. Mas, enfim, agora sabíamos onde estávamos, e tínhamos encontrado o restante da turma. Podíamos respirar um pouco aliviados. Até que alguém nos trouxe para a realidade:

— Temos a mata da cruzinha inteira para atravessar, e já tá escurecendo...

— Pelo menos a gente se achou, e a mata da cruzinha a gente conhece. Vai ser mole agora.

Ao longe notamos a claridade dos postes de luz do bairro, que começavam a acender. A distância a ser atravessada não era nenhum bolinho se fôssemos pensar no breu que a hora jogaria lá dentro da floresta. O quanto antes a gente se mexer melhor.

— Por aqui!

O amigo que saiu puxando a fila tinha uma lanterna, e, mais atrás, outro tinha mais uma, com a pilha fraca. Fora isso, só alguns isqueiros.

— A gente pega essa entrada até o cruzamento. Lá pegamos a trilha da esquerda e seguimos até o riozinho. É a primeira etapa. Não tem erro.

— Todo mundo junto, passo acelerado. E sem conversa, vocês aí de trás.

— Vambora!

Nos enfiamos na mata da cruzinha, exaustos e com fome, a gente só tinha comido umas perinhas-do-mato. Mas àquela altura só passava pela cabeça sair na rua lá do outro lado.

Fizemos tudo conforme o planejado. Chegamos no cruzamento e tomamos a esquerda... porém o rio não chegava nunca. Parecia que já tínhamos andado mais do que de costume. Mas poderia ser o cansaço. Ninguém sabia dizer.

— Parou!

— ...

— Aqui a trilha vira pra baixo. E nenhum barulho de água até agora.

— Entramos errado lá no cruzamento, só pode ser.

— Esquisito...

— É a segunda vez que a gente erra o caminho!
— E agora?
— Não vamos perder tempo. Voltando!
— Prestenção, gente!

Como a Pitu tinha sumido na frente, com a mudança de rumo ela ficou para trás. Então esperei para ver se ela surgia, mas nada. Quando eu já era o último da fila, comecei a andar devagar, o suficiente para não perder a fila de vista.

Toda hora olhava para trás em busca da Pitu, até que a vi lá longe, sentada no meio da trilha, e parecia disposta a não se mover. Parei para observá-la e ela jogou a cabeça para trás, ordenando que a seguisse.

Não tinha como ignorar a Pitu. Se ela queria me mostrar algo, devia ser importante. Eu não tinha nem uma caixa de fósforos para iluminar o caminho, mas a mata ali, perto das trilhas, não escondia tanto o céu, e a lua era um prato de luz que me alimentou de coragem.

Então fui seguindo a Pitu por um bom pedaço, depois ela virou à direita e saiu num descampado. Assim que parei do seu lado, ela levantou o focinho para o alto e foi então que eu vi. Um macaco-prego estava preso numa rede.

— Salva o Milu! — foi a ordem da Pitu, direta e sem explicações.

Arregalei os olhos, mas ela direcionou meu olhar para uma corda que estava amarrada no alto de uma árvore. Compreendendo, trepei na árvore, peguei meu canivete, puxei a lâmina dentada e comecei a serrar a corda.

Quando terminei a rede caiu, e o macaco antes de se esborrachar no chão agarrou um galho com o rabo, fez duas ou três acrobacias e já estava no alto, olhando para mim.

Então me agradeceu levando sua mão humana até o peito e abaixando a cabeça. Depois aproximou sua cara peluda da minha e disse a coisa mais estranha do mundo, antes de sumir na escuridão dos galhos:

— Rei Elemento Invicto No Início. A Chave Invariável A Omite.

Fiquei de boca aberta que um macaco pudesse soltar uma geringonça daquelas. Ali, no alto da árvore, até esqueci onde estava. A Pitu foi quem me despertou com um ganido abafado. Depois saiu correndo. Pulei da árvore e fui atrás.

Corri um bocado até ver a lanterna acesa lá adiante. Já perto dos amigos, desacelerei para descansar um pouco, ainda com aquela história engasgada. A Pitu tinha disparado na frente da turma, sem dizer mais nada.

Com a cabeça longe, virei o rosto para o lado e notei dois olhos brilhando no escuro, como que voltados para minha direção. Pode ser o Milu! Mesmo assim fiquei ressabiado. E se não for ele? Ou será que ele quer me dizer mais alguma coisa?

Quando olhei para o lado novamente, aquele par de olhos brilhantes continuava lá, me seguindo. De repente vi outro par, e outro. Um frio cortou a minha espinha e saí em disparada até me juntar ao grupo.

— Foi aqui que a gente errou. Olha a nossa trilha ali.
— Que azar!
— E minha lanterna já era. Economiza a sua, liga só quando precisar.
— A minha tá no arroz já.
— Vamoaê!

Finalmente encontramos o riozinho. A segunda etapa era mais fácil agora. Seguir em linha reta pela trilha principal até cair na trilha de baixo, passando perto da clareira do marolo.

— Quem sabe a gente consegue ver se a armadilha pegou alguma coisa — a voz veio lá do começo da fila. Mas a empolgação geral estava miando, como as lanternas.

Eu já me preocupava com a mãe. Se demorasse mais para chegar em casa não ia prestar. Mas o irmão estava junto, era um atenuante. Que dia é esse?, comecei a pensar enquanto arrastava minhas botas de concreto.

Próximos da trilha de baixo começamos a ouvir uns urros que não identificamos com nenhum bicho conhecido. Mas também não era de gente. À medida que fomos nos aproximando da clareira eles foram ficando mais altos, uma gritaria infernal.

— A armadilha pegou alguma coisa. Estão ouvindo?
— O que é isso?
— Não sei, mas não dá para ir lá agora, no escuro.
— Parece um urso.
— É o Curupira — disse o irmão.
— Vamos passar direto. Silêncio!

Andar no escuro perto daqueles rugidos que não conseguíamos sequer suspeitar de que bicho eram foi dando vida ao Pavor. Se aquela coisa escapa, o que será de nós? De repente as forças renasceram e começamos praticamente a correr.

Nem sabia onde estava a Pitu uma hora daquelas. Era cada um por si.

Mesmo já longe da armadilha, o barulho ainda nos alcançava, como se brotasse de todo canto. O escuro amplifica tudo, menos o raciocínio lógico. Quando a Pitu apareceu, passando por entre minhas canelas, achei que fosse desmaiar de susto. As pernas estavam moles, a barriga borbulhando.

— Vamos continuar nesse pique! Não para!

— É essa trilha mesmo? — alguém soltou, mas ninguém respondeu.

Que horas seriam? Tanto tempo na rua desde que saíramos com aquela caixa nas costas. Era sol quente ainda. Nossos corações estavam aquecidos, e não murchos como agora.

Comecei a sentir saudades daquela tarde tranquila, a turma toda reunida nadando na cachoeirinha. A disputa de saltos. A água gelada refrescando o corpo. As risadas, a camaradagem. Um momento que bem poderia ter se perpetuado, como uma paisagem num postal.

— Ei, o que é aquilo? — alertou o amigo que puxava a fila, estacando.

Parecia um clarão, que ia se expandido de forma tremida pelas árvores ao redor. Como uma luz de vela.

Era uma luz de vela, sim, e vinha na nossa direção.

— Corre! O fantasma da cruzinha!

Quando o medo domina a parte ainda sã da nossa cabeça, é o fim: o desespero se sobrepõe a qualquer raciocínio. Só resta o instinto, que nos manda fugir. E salve-se quem puder. Pernas, pra que te quero.

Todo mundo deu meia-volta atropelando uns aos outros. Já nem precisava de lanterna nem de nada. Mesmo sem ter para onde fugir, a reação era correr. Ninguém queria ver a cara da assombração, nem o amigo que destruía oferendas.

A única sensata dentre todos era uma cachorra. Se não fosse ela, estaríamos correndo até hoje, atravessando talvez o estado, o país. Até por sobre as águas seríamos capazes de correr, cruzando o oceano, os continentes, os planetas...

A Pitu foi atrás de nós e começou a latir alto, para surpresa de todos. O seu latido funcionou como um clique na nossa cabeça. Na hora paramos, tentando entender o que estava acontecendo.

Mas ela não latiu outra vez.

O que ouvimos foi o grito do pai do amigo caçador, que vinha atrás de nós com uma vela na mão. Porque o filho estava com a sua lanterna, porque não tínhamos voltado ainda — já era tarde da noite — e porque ele também queria saber da armadilha, cujo mecanismo havia ajudado a desenvolver.

Novamente salvos, e agora com as baterias recarregadas, estávamos prontos para a última missão da noite: descobrir que espécie de bicho tinha caído na armadilha. A gente ia enfrentar o maior dos medos: o medo do desconhecido em carne e osso.

O pai tomou a frente da fila — seguido do filho —, pegou a lanterna e iluminou a turma por um instante, pedindo atenção e silêncio. Na hora levei a mão ao bolso de trás e senti meu canivete. Com a outra retirei o estilingue do pescoço e fui pensando em como me defender caso fosse preciso.

A Pitu, andando junto de nós agora, sentia a tensão do momento.

Conforme fomos nos aproximando da clareira do marolo percebemos que os gritos tinham parado. A mata toda parecia estar em silêncio. Uma cigarra cantou ao longe, quebrando o som monótono das folhas que esmagávamos com a caminhada.

O amigo apontou onde tínhamos deixado a caixa, mas ela não estava mais lá.

— Você não amarrou!? — o pai disse, indignado.

— Amarrei! Naquela árvore! — sussurrou o filho.

Então acharam a corda e a seguiram com a lanterna. A caixa estava mais para baixo. O bicho tinha conseguido deslocar a armadilha por alguns metros. Coisa extraordinária.

Nos aproximamos um pouco mais, rodeando a caixa. O pai jogou luz nas frestas da armadilha para tentar ver alguma coisa. A fera despertou com um urro alucinante. Saltamos para trás assustados, os que não caíram de bunda deram de correr.

A caixa, mesmo pesada, se mexia como se fosse de isopor, e os rugidos iam tomando formas variadas que por muitas noites me atormentariam antes de dormir. Nem eu nem os amigos nunca tínhamos ouvido nada igual, agora era certeza.

— Não tem como levar esse bicho pra casa — disse o pai. — É muito pesado. E deixá-lo aqui preso, sem comida nem água, é crueldade. — Ele esperava que o filho e os amigos chegássemos na mesma conclusão. Tínhamos que soltá-lo.

Quando notou que concordávamos mas sem saber como, ele deu a ideia.

— Todo mundo em cima das árvores. Amarra a Pitu pra ela não inventar de perseguir o bicho. Eu vou ficar em cima da caixa e levantar a tampa.

— E se essa coisa vier pra cima da gente?

— Capaz! — garantiu. — Ele vai zarpar sem mostrar nem a cara.

Era o melhor a fazer. Topamos!

A Pitu não gostou nada, nada. Ficou o tempo todo resmungando por entre os dentes cerrados. Ora ou outra soltava um latido que ia se transformando em uivo.

Nos poucos instantes que precederam a abertura da caixa, eu, no alto de uma árvore com outros dois amigos, não conseguia pensar em nada.

— Todo mundo pronto! No três, eu vou abrir. — E então, voltando-se para o filho, que estava numa árvore próxima com a lanterna na mão: — Joga a luz mais aqui assim, pra gente ver ele direito.

O bicho arranhava a porta como se entendesse que a gente ia soltá-lo. O pai, mais tarde, disse que sentiu aquela coisa socando o teto da armadilha com uma força que parecia a de um homem forte.

— Um, dois e... três!

A porta se abriu. Todos atentos para ver alguma coisa, a Pitu se debatendo, o pai com o corpo curvado para a frente, os bichos todos em silêncio, tentando se esconder daquele ser da floresta. Uma ventania passou, balançando os galhos e derrubando folhas. As nuvens ameaçavam esconder a lua.

O bicho saiu da caixa e, como dissera o pai do caçador, cruzou o nosso caminho quase de forma imperceptível, tamanha a sua velocidade. A Pitu no exato momento escapou e tentou persegui-lo. Mas apesar do susto que deu na gente, logo reapareceu de mãos vazias.

O amigo tinha conseguido passar a lanterna pela extensão do corpo daquele ser, possibilitando que cada um de nós visse alguma coisa e mais tarde formulasse uma teoria. Mas nunca entramos num acordo, mesmo tendo passado todos esses anos.

Já no caminho de casa, cada um foi dando as suas primeiras impressões. O pai do caçador achava que era um lagarto gigante. O caçador viu braços mais longos e talvez uma cauda mais curta para ser um lagarto. Podia ser um tatu, disse um, ou algum roedor gigante, disse outro. Um felino, talvez.

Mas nenhum bicho teria tanta força e faria um barulho tão assustador, isso até o pai do caçador concordou. Então não poderia ser nada do que vínhamos sugerindo. A imaginação precisaria dar asas a outras respostas.

O irmão falou em extraterrestre, e teve quem alimentou a ideia. A pelagem, alguém disse, era esquisitíssima para ser deste mundo.

— E quem corre naquela velocidade? Nem a Pitu conseguiu alcançar.

Quando estávamos prestes a sair da mata, os amigos da ponte se despediram da gente, dizendo que cortariam caminho por outra trilha. E sumiram de repente, assim como tinham aparecido cruzando a porteira do matadouro. Achei aquilo estranho, era muito mais fácil terminar o trajeto pela rua iluminada, porém ninguém mais reparou.

Já na rua de casa, as teorias continuaram. E a que teve mais adeptos foi a de monstro, de ser que se desvia da sua linhagem e pervaga o mundo atormentado. Talvez uma mistura de homem com outro animal, um lobisomem, um minotauro...

Eu não sabia o que dizer, embora tenha conseguido ver parte daquele ser bizarro passando pela luz fraca da lanterna. Todas as teorias tinham fundamento para mim. Talvez pudesse ser também um fauno, uma divindade protetora da mata. Isso explicaria todo o tormento por que passamos naquele dia.

Pensei tanta coisa — e tenho pensado ainda hoje —, mas não disse nada naquele fim de noite, vencido pelo esgotamento. Eu só queria ir para casa, tomar um banho, comer algo e cair na cama.

Como todo mistério insolúvel, este também foi perdendo força com o passar dos dias, até ser esquecido — tal uma estrela que, ainda visível, já se apagou.

Independente do que fosse, a criatura que havia caído na nossa armadilha tirou a sorte grande: passara pelo vale das sombras e voltara. Quantos conseguiram esta proeza: tendo cruzado a porta de pedra, vê-la se abrindo para uma segunda chance?

9
Pitu através da porta

Dessa vez a Pitu não escaparia. A cena foi horrível.

Ela voltou da rua para a garagem ganindo e arrastando as pernas de trás. Uma das imagens mais tristes que guardei da nossa cachorrinha.

A doida tinha acabado de rolar por baixo de uma moto em movimento. Com a mania de perseguir rodas, confiou na sua experiência e a desatenção lhe custou caro.

Cachorros que vivem na rua, assim como as crianças, estão sempre se machucando, é normal. Curamos as feridas para voltar a brincar, e quem sabe machucar de novo. Às vezes no mesmo lugar.

É um joelho que rala, um dedão do pé que perde o tampão, um pulso que abre e uma infinidade de outros machucados que nos ajudam a conhecer o próprio corpo e a repensar nossos limites.

Com a Pitu também foi assim. Ela sempre teve uma valentia meio inconsequente, típica dos baixinhos, mas com a idade aprendeu a domar o instinto. Com isso, passou a se machucar menos. O exemplo mais contundente era o porco-espinho, que ela nunca mais perseguiu.

Mas até entendermos como funciona a engrenagem da vida, são muitos os tombos. E as cicatrizes.

A Pitu tinha marcas de machucado da cabeça aos pés. Logo acima de um dos olhos se podia ver um cortezinho na pele, onde não nascia mais pelo. Na boca, dentes gastos, pontas quebradas. Em volta, até que o estrago causado pelos espinhos não dava na vista.

Mas logo na altura do ombro já tinha um pedaço de pele dura, ralada muitas vezes no mesmo ponto, e também sem pelo. Uma marca nas costas, outra no cotovelo, até chegar nas patas, cheias de pequenas cicatrizes. Algumas unhas mais raladas do que outras.

A Pitu era muito resistente. Não reclamava quando se feria. Se fosse um machucado, lambia a ferida até parar de sangrar, usando o antibiótico da sua língua. Se fosse um tombo, soltava um ganido e logo se levantava e seguia em frente.

Num dia em que estávamos brincando de escalar uma montanha íngreme e pedregosa, ela nos acompanhou e passou todos os obstáculos com a gente, até atingirmos o topo do morro. Nesses lugares é que encontrávamos a deliciosa maria-pretinha e o inesquecível veludinho, frutinhas dos deuses.

Em geral a Pitu tomava um galeio e vencia trecho a trecho sozinha. Quando o trecho era muito alto, um de nós que já tinha subido se deitava no chão e ficava esperando ela vir, para terminar de puxá-la para cima.

Quase sempre funcionava, mas se falhasse ela tinha que se virar no ar e tentar cair sem se machucar. Uma vez ela não conseguiu e bateu as costas. Ouvimos um barulho abafado, como se alguma coisa dentro dela tivesse se quebrado.

Mas logo a pula-pula se levantou e já estava pronta para outra tentativa.

Os cachorros sabem cuidar de si mesmos desde muito cedo, sem ter aprendido com ninguém. É curioso! Me intrigavam, entre outras coisas, esses pulos que a Pitu dava, virando o corpo no ar e caindo sobre as quatro patas. Sem nunca ter frequentado um circo!

Se alguma refeição não caísse bem, ela comia um bom tanto de mato e depois vomitava aquela pasta verde, às vezes expulsando também a comida que vinha lhe estragando o dia. Era tiro e queda!

Quando engasgava, passava um sufoco danado. Mas resolvia sozinha também. A gente ficava por perto sem saber o que fazer. E os olhinhos apertados dela grudavam na gente buscando força para voltar a respirar. E conseguia, para nosso alívio.

Mas dessa vez, a Pitu não escaparia.

O acidente tinha sido feio. Só para ela, menos mal. O motoqueiro conseguiu se reequilibrar e continuou seu trajeto. Mas a Pitu encerrava o seu por ali, era o que todo mundo na rua estava pensando.

A mãe estava no serviço. A sorte é que o irmão estava em casa. Esperamos um pouco, mas o quadro não mudou. Nenhuma melhora. A dor da bichinha se via na gravidade do seu rosto, os olhinhos lacrimejando. O rabo entre as pernas moles.

— Não dá mais pra esperar — disse o irmão, despertando num estalo. — Vou levar a Pitu num veterinário. Você fica aí esperando a mãe chegar.

Começa a agonia tudo de novo, pensei, lembrando das ocasiões em que a Pitu tinha fugido, daquela vez em que a mãe disse que tomaria providências, de quando ela teve que voltar da casa da avó sozinha...

Mas agora era diferente. Naquela época eu cismava que a Pitu não fosse viver muito tempo com a gente. Mas nessa altura ela já tinha vivido, sim, uma vida inteira. Dava um pouco de conforto pensar assim. Mas eu queria a Pitu de volta, me recusava a continuar alimentando essas ideias.

A noite caiu e nada do irmão voltar. A mãe chegou do serviço e eu contei que a Pitu estava nas últimas. Só o veterinário poderia salvá-la. A mãe desabou no sofá e lá ficamos, esperando o irmão com alguma notícia.

Sua cara não escondia o cansaço do longo dia, e também dos anos acumulados, de luta solitária, tal a mulher que carregava papelão, ou o amigo do pai que movera a montanha de lugar. A mãe, sem que a gente percebesse, já tinha movido uma série de montanhas.

Quando o irmão entrou pela sala sem a Pitu, foi um vazio inexplicável o que sentimos. A mãe estava segurando o choro. E o irmão também, tapando a boca com as mãos.

Mas ele estava brincando com a gente, e logo caiu na gargalhada. Aquilo era hora para brincadeiras?, a mãe enfezou, eu xinguei. Mas a boa notícia restituiu o apetite e nos permitiu sentar à mesa para um lanche.

— O intestino dela deu um nó. O veterinário mostrou na radiografia. Virou assim — o irmão fez um gesto com as mãos, girando uma para cima e a outra para baixo, como quem torce uma peça de roupa molhada.

— Tadinha da Pitu!

Mas ela estava bem, tinha sido anestesiada e passara por uma cirurgia para colocar as tripas no lugar.

— O veterinário teve que abrir ela de cima a baixo. A coitada levou mais de quarenta pontos. Eu vi a costura — o irmão ia ajuntando detalhes de tudo, com seu espírito imperturbável de parteiro.

Quando a Pitu voltou para casa, alguns dias depois, o seu pelo estava raspado em volta do corte, todo tingido de iodo. Era desagradável de ver, mas a cara da paciente estava melhor. O contentamento de voltar para casa era visível. Ela aceitava sim um prato de leite morno.

Tinha sido só mais um susto. A Pitu, que já escapara de tantas, estava de volta.

Logo começou a andar, já sem aquele horrível arrastar das pernas traseiras. Com o tempo conseguiu correr e pular como antes. A mesma Pitu de sempre, só com uma cicatriz a mais. E outra lição de vida.

Já não tinha vontade de morder pneus em movimento. Às vezes o instinto falava mais alto e ela arrancava atrás de um carro ou de uma moto, mas lembrava da experiência e parava no meio do caminho. O latido continuava, meio sem graça, só para mostrar quem mandava.

Foi nessa época, mais ou menos, que tiramos uma foto sua, o único retrato que fizemos da Pitu. O irmão tinha trazido uma polaroide emprestada e pediu para eu bater a foto.

Pôs a Pitu em cima do capô do seu opala velho, passou o braço em volta dela e sorriu para a posteridade. O registro é prova: a Pitu ainda estava em grande forma.

A danada se recuperou tão bem que voltou a aprontar das suas. Roubou um pacotinho de mortadela da mesa de café, avançou nos transeuntes desconhecidos, inventou de me seguir quando eu ia para o centro, fugiu de casa por dias seguidos, e até engravidou de novo.

A mãe ficou inconformada. Ela vacinava a Pitu para que não houvesse mais cria, mas dessa vez algo tinha dado errado. A Pitu ia ser mãe pela terceira vez. Eu e o irmão ficamos animados.

A terceira ninhada de uma cachorra que tinha passado por uma cirurgia daquelas, e que já não era tão nova, era um risco, explicou a mãe, preocupada.

Apesar disso, a gestação correu normalmente. O nascimento, nem tanto. De quatro filhotinhos, só um vingou. E este um não deu conta de mamar todo o leite que a Pitu produzia. Resultado: uma teta empedrou.

Achamos que se desmancharia sozinha com o tempo, mas foi o contrário: aumentou e endureceu mais um pouco.

Lá foi o irmão com a Pitu novamente para o veterinário. Mas dessa vez a orientação foi não operar. Duas cirurgias próximas uma da outra não era recomendado, sobretudo para uma cadelinha já de idade.

Era outra marca que a Pitu teria de carregar consigo, assim como os pelos brancos em torno do focinho.

10
Cão velho de guerra

A Pituzinha na verdade tinha envelhecido. Fomos compreender isso algum tempo depois da operação, com os cuidados que seu corpo exigia a todo momento. Os pelos brancos que contornavam a boca desciam pelo peito, se espalhavam pela barriga e terminavam dando novo colorido às suas patas.

Ela já tinha idade para ser avó, talvez até bisavó ou tataravó, quem poderia saber? Foram tantos os filhos que ela teve que perdemos a conta. E só conhecíamos o paradeiro de dois: o Snoopy, que demos para um amigo da rua; e o Duque, que demos para o tio que perdera o Rex. Nenhum dos dois viveu tanto.

A dona Pitu, apesar da idade, sempre teve um espírito de criança. Não perdia a oportunidade de nos surpreender, ainda topava brincadeiras com bolinha ou com o seu pano, como se fosse a primeira vez.

O Didi tinha ficado cego e rabugento no fim da vida. Passou os últimos dias deitado no tapete da sala, ouvindo televisão na companhia dos nossos avós.

A Pitu não! Sua visão, o olfato, a audição, a força das pernas, a agilidade, o instinto de caça — tudo ainda vivo, somado agora à experiência de vida.

Uma vez ela tirou um cochilo em frente de casa e nós ficamos observando. Se surgisse um barulho lá longe, sua orelha levantava e se direcionava para aquele lado. Se viesse do outro, a orelha se reposicionava, como um radar. E isso com ela cochilando. Só dava de erguer a cabeça se o barulho fosse diferente do que ela estava acostumada.

O olfato e a disposição eu notava quando tinha que enxotá-la para casa já perto da escola. Ela continuava fazendo o caminho de volta sozinha, e minha escola àquela altura era do outro lado da cidade. Bem mais longe do que a casa da avó. A Pitu batia perna pela cidade afora.

E o que me chamava mais a atenção nessas ocasiões era a sua malandragem. Assim que notava que ela me seguiria, ainda na rua de casa, eu a ameaçava e então ela fingia que tinha desistido. Continuava meu caminho sempre olhando para trás, e nada da Pitu. Quando achava que tinha acabado, a teimosa aparecia, já longe de casa, a cara de triunfo.

Fazia tempo que a mãe tinha feito um murinho na frente de casa, de um metro e vinte de altura com um portão de grade. Mas não fora o bastante para segurar aquele toquinho de cachorro.

Logo ela aprendeu a pular de um lado para o outro, e depois passou a deitar em cima do muro, no seu estilo esfinge, para observar o movimento ali do alto.

O muro com o tempo desgastou na parte onde ela batia as patas antes de alcançar o topo. Era sempre no mesmo ponto, no qual o piso era levemente mais alto, ou o muro levemente mais baixo. A esperta sabia matemática!

E a Pituzinha velha de guerra ainda pulava esse muro, de lá para cá, de cá para lá, independente de qualquer coisa. Idade não a segurava nem dentro de casa nem fora. Era livre para seguir o seu olfato e traçar a sua história.

Havia um comando que eu e o irmão ensinamos a ela desde pequena, que era uma ordem para atacar. Fazíamos um som com a boca que não sei quem inventou nem de onde veio.

Era um grito de "pega" que terminava com o som de "x" igual ao da palavra "Rex". Diga "Rex-x-x" e substitua o "Re" por "pe" de "pega". Era este o som: pex-x-x.

— Pex-x-x-x!

Ela ficava doida assim que ouvia tal comando e atacava quem a gente apontasse. Agora, no entanto, que já era uma senhora, quando lhe dávamos o comando para caçoar algum amigo, ela preferia rosnar antes, dando tempo para a vítima se afastar. Não sei se por preguiça ou por camaradagem.

A Pitu sempre foi gulosa. Por isso demorou para conhecer o seu sistema digestivo. Precisou comer muito mato até entender que cachorro velho deve ir com calma, comer menos, não misturar muita coisa de uma só vez. Depois de muito pastar, finalmente aprendeu. E nós ficamos satisfeitos, sobretudo porque a garagem parou mais limpa.

O que ela nunca aprendeu foi ficar sozinha. Era à noite que a teimosa me seguia até a escola, porque agora eu trabalhava durante o dia. Com todo mundo fora, a nossa cachorrinha tinha que vigiar a casa até alguém chegar.

E quando voltávamos, ela ficava louca de alegria. Pulava na nossa roupa, corria em volta da gente, em volta de si, latia, chorava, voltava a pular, deitava com a barriga pra cima pedindo carinho, lambia nossa mão...

Levava uns cinco minutos para ela se acalmar.

Presenciar todo dia aquela confissão de amor destemperada, no meio da rua — mesmo tendo se sentido abandonada por um longo tempo —, era reconfortante. Aquele momento que a gente passa o dia contando as horas para chegar, e que nos revigora mais do que um banho demorado.

Eu vinha chegando de viagem. Era noite alta. E alguns amigos estavam lá na garagem conversando com o irmão. Não era fim de semana ainda, mas vieram pela amizade. Notei que a água da Pitu não estava mais ali no canto, nem o prato, nem o pano.
Larguei minha mala na sala e voltei para a garagem.
Falavam daquela velha história do lobisomem que tinha atacado a casa de um amigo na rua de cima. Ele contava como acontecera em detalhes, fazendo questão de levar os que não acreditavam para ver a porta da sala.

— Eu fui lá ver! A porta toda arranhada por umas unhas grossas.

— Eu também fui! Esquisito aquilo, não é? Olha aqui a altura que a Pitu arranhava a porta de vocês. É baixinho. Lá os arranhões eram acima da nossa cabeça.

— Eu precisei subir numa cadeira da cozinha para ver melhor, quando estive lá.

— Eu também!

— A gente batia figurinha na casa dele — eu disse. — Sempre ficava observando aqueles arranhões e pensando que bicho era aquele.

— Seres misteriosos existem de verdade, e estão no meio de nós — disse o irmão. — Vocês não lembram daquela coisa que a gente pegou na floresta?

— O que que era aquilo? — disse um outro. — Eu sempre que lembro fico me perguntando.

— E quem não fica? — disse o caçador. — Eu vi de perto porque fui eu que iluminei. Fiquei umas duas noites sem dormir direito, sonhando com aquela coisa. Ele voltava pra me atacar e começava a socar a janela do quarto.

— E o que você viu naquele dia, do lugar que você estava?

O caçador agora tinha os olhos perdidos na parede branca da garagem, tentando buscar nas lembranças que ele já havia conseguido apagar da memória:

— Costas peludas... pernas e braços desenvolvidos... Não sei se tinha rabo, não deu pra ver. Só mais tarde lembrei de um detalhe que me fez mudar de opinião: tinha coluna ereta. Não acho que era um bicho rasteiro, embora tenha fugido de quatro. A imagem da coluna reta passando pela luz me veio direitinho aquele dia, no chuveiro.

— Era um extraterrestre que foi deixado na mata da cruzinha para colher informações — o irmão retomou sua teoria.

— É, pode ser! — disse outro, pensativo.

...

— E aquela onça que a gente viu cruzando a nossa frente? — lembrou o irmão.

— Onça? Capaz mesmo! Aquilo era um gatinho-do-mato, mais assustado do que a gente. — E todo mundo riu, quebrando um pouco o gelo da tristeza.

— Os amigos lá da ponte não chegaram a ver, né? — eu lembrei.

— Não, eles nem estavam com a gente naquele dia!

— Estavam sim — afirmei, já prestes a trazer de volta os detalhes, mas ninguém ouvia.

— Estavam nada. Eles já tinham ido nessa naquela época, não lembra?

— Eu também acho que não — disse outro. — O desastre da ponte já tinha acontecido.

Juravam que só a turma da nossa rua e alguns da rua de baixo e da rua de cima tinham ido caçar naquele sábado. A memória é traiçoeira, eu pensei. Como pode eles terem esquecido os próprios camaradas, eu estava inconformado.

— Ô, e vocês lembram do rio que a gente atravessou aquela vez que chegamos no limite do estado?

— Sim! — uns três ou quatro responderam juntos.

— A Pitu, toda exibida, viu que a gente estava sendo arrastado pela correnteza e, antes de se jogar na água, subiu um tanto para se garantir.

— Ha ha ha! É verdade. Não adiantou nada.

— A bicha era levinha e o rio a levou bem mais pra baixo de onde a gente foi parar.

— Eu ainda tentei pegar ela, mas não deu. Era muita água.

— Que barato a Pitu. Era como se ela fosse um de nós...

— E o tanto que ela ajudava a gente no mato!...

— Bons tempos...

...

E a conversa foi tomando um ar melancólico, triste como os fins de tarde no inverno...

11
Um retrato na memória

Tempos depois, encontrei por acaso na caixa de fotografias aquele instantâneo que o irmão havia tirado com a Pitu. Eu estava agachado perto da estante da sala e caí sentado com a foto na mão.

O rio caudaloso das recordações me arrastou metros e metros para trás no tempo, fazendo com que eu relembrasse de uma época que começou quando eu tinha seis anos, ou sete.

Eram tantas lembranças que a história se embaralhava, tudo uma só massa informe que os olhos embaçados não conseguiam distinguir.

Demorou até a razão recompor quem tinha sido aquela cachorrinha sentada no capô do carro, ao lado de um menino mais velho que eu, o irmão. A vista foi normalizando e eu me fixei naquela foto como se quisesse entrar dentro dela.

Que dia seria aquele? O que tínhamos feito naquela tarde? Por que a Pitu estava tão alegre, com o peito aberto? O irmão, com roupa nova, estava chegando ou ia sair?

A Pitu fazia pose, parecia entender que estava sendo fotografada. O focinho levemente empinado, as orelhas em pé, como se normalmente fossem assim. E o olhar fixo na câmera.

As jabuticabas que eram seus olhos expressavam orgulho, como os de um herói que descansa enquanto narram suas façanhas e tiram seu retrato, para que num futuro longínquo saibam quem foi a guerreira Pitu, que esteve no topo, que ultrapassou o limite, que cruzou os ares, e as águas.

Eu, que tinha feito o retrato, poderia também contar as suas aventuras, realizando o desejo que ela deixava transparecer com aquela pose. Foi o que pensei. Os heróis precisam ser reconhecidos para completar a sua jornada.

Mas uma aventura épica nunca tem fim. Sempre emerge algum detalhe do limbo do esquecimento, que vamos juntando ao todo. Cada cena que a memória recupera é uma satisfação, uma peça a mais no quebra-cabeça das lembranças.

Saí pela rua asfaltada em direção à floresta, determinado a caminhar até o matadouro, com a explicação do irmão na cabeça:

— Cinco passos pra cima da porteira. Dá para ir rente à cerca, não precisa entrar. Você vai achar fácil, a terra remexida ainda deve estar sem mato.

Subindo a rua, notei que nos terrenos onde brincávamos agora havia casas de muro alto. O lugar onde acendíamos as fogueiras tinha sido ocupado por um predinho residencial.

A entrada da floresta estava quase fechada de mato. Pelo jeito fazia tempo que ninguém usava a trilha de cima. Como estava sem facão, não pensei duas vezes:

— Vou por baixo. Aproveito e passo na cachoeirinha.

Ao entrar na clareira do poção, fiquei surpreso de ver: o poção estava rasinho. Ninguém mais nadava ali, a não ser os girinos. E tinha muitos. Uns mais ariscos, outros que vinham na mão. Os que já apresentavam as pernas de trás eram esquisitos. Parecia que iam saltar a qualquer momento.

A cachoeirinha tinha o mesmo fiozinho d'água que alimentava o poção. Nem quis parar, peguei a trilha de cima e segui, pingando o suor do queixo nas pedras que me encaravam.

Lá no alto, virei adentrando a mata e logo saí na clareira do matadouro. A porteira sem tranca rangeu com o vento, abrindo-se como um convite. Eu estava sozinho! E simplesmente passei por ela, passo a passo. Uma vez lá dentro, fui em busca da Pitu, pisando com cuidado.

O vento zunia no meu ouvido, o calor tinha alterado minha percepção da realidade. O corpo estava pesado, lerdo, mas a cabeça ia a mil. As recordações brotavam como água da pedra, cristalinas e frescas. Já não sentia mais sede, a fonte cantava nos meus ouvidos e refrescava meus pés descalços.

Deparei com um monte de terra, mas o que eu procurava não estava sob meus pés. Olhei adiante num gesto ousado, e sem sentir medo nem coragem adentrei o matadouro até onde ele quisesse me levar. Eu buscava o ápice, embora não descuidasse do chão, desviando dos ossos pontiagudos.

À medida que avançava, o tempo me virou a cara tal uma criança mimada. O sol sumiu por trás das nuvens, que já vieram trovejando. Mas eu, misteriosamente, continuava caminhando inabalável, em direção ao topo.

E lá sentei fincando minha bandeira. Abrangi com a vista toda a região. A memória universal me sugou para dentro de si. Eu agora era parte do todo, e o todo me alimentava. O que eu tentasse recordar já se apresentava sem dificuldade na minha frente, nos mínimos detalhes.

Saudade já não existia, porque não havia passado. Tampouco futuro. Tudo era um presente contínuo de paz e contentamento. Só as nuvens acinzentadas tentavam me vergastar com ventos carregados de chuva. Mas eu as ignorava, porque sentia que a Pitu estava comigo.

E se ela não tinha voltado pela trilha, eu podia prosseguir na minha travessia particular. As mãos firmes na lateral do barco, para não cair na água. Os olhos para cima, espreitando. Não havia tempo feio que eu não atravessasse com tranquilidade.

O céu, sentindo-se humilhado com a minha intrepidez, ralhou, escureceu, lascou uma árvore como um zeus e veio pra cima. A ventania arrastava tudo, arrancando arbustos, parindo redemoinhos.

Mas eis que daquele centro mais escuro no céu, abriu um clarão que impôs silêncio. Depois uma nuvem algodão-doce foi tomando o espaço e repelindo a tempestade. Eu mirei aquilo em êxtase, deitado na relva, mordiscando um broto de capim.

A nuvem branca se ofereceu para mim, e eu, sem baixar os olhos, sem hesitar, ergui um braço tímido. Aos poucos ela foi tomando forma, e pude discernir uma orelha pontuda, outra caída, o rabicó se formando. Uma cadelinha enorme.

Era a Pitu quem me esticava o braço, e já não era preciso nenhum esforço, chave alguma. O corpo estava leve, airado, rarefeito, e o simples movimento de mão já era uma decolagem.

Eu e a Pitu livres, voando pelo espaço, como nos tempos do escadão.

O enigma estava incompleto: o homem ao fim não precisa de pé nenhum, porque ele voa. Sua única prisão — o próprio corpo — a imaginação transcende.

Olhei para o lado, e a Pitu estava olhando para mim, sorrindo. Não havia mais mistérios, nem doenças, nem portas...

O espaço era extensão do nosso corpo. E nos entendíamos sem precisar falar. Por telepatia trocávamos frases soltas.

O tempo é um trem desgovernado descendo a ladeira...

O segredo está no reinício...

Decifra-me ou devoro-te, e a infância é devorada...

Uma pirueta da Pitu me desconcerta. Mas ela aperta minha mão e eu me reequilibro. E então seguimos, de mãos dadas, por entre as nuvens, encantados...

Agradecimentos

A Dinice Soares da Silva (*in memoriam*) e Odécio Antonio, pelas primeiras impressões; às professoras Olga Monteiro e Telê Ancona Lopez, pelas observações pontuais; a Roberta Cirne, pela ilustração de capa; a Mário Ferraz Jr., pela ajuda providencial; ao editor Claudecir Rocha e equipe da Kotter, pela dedicação e paciência; e a Jane Pessoa, por tudo.

Papel pólen bold 90g/m²

Fonte Georgia 12 e 30

Impresso no outono/2023